Fils amants

Thomas Moritz

Fils amants

Nouvelles

LE LYS BLEU
ÉDITIONS

ISBN : 979-10-422-2187-4

D'aiguilles en fil

La mélodie rythmée d'une machine à coudre emplit le jardin d'hiver, endolori de rêves embués.

Ils me caressent, émoustillent mon imagination.

Me frayer un intime chemin en ce feuillage vert bleuté.

Levée bien avant les aurores, elle est à sa place habituelle, droite, précautionneuse du moindre de ses gestes. Elle est rivée à son antique machine à coudre. Son ombre se découpe sur le carter crème de son inséparable compagne : une Singer. Seules ses mains bougent, mettent en mouvement un tissu que je croyais disparu, mis au rebut. En fait, un de ces chiffons dont notre bonnetière est remplie.

Me voit-elle, immergée en son travail, envoûtée par le rythme de l'aiguille, par son battement débridé sur la canette ? Elle appuie sur la pédale : cadencement épousant les contours de la pièce de tissu. Le moteur, les courroies, le volant, les arbres d'entraînement, les axes horizontaux et verticaux, la manivelle, toute la complexité de cette mécanique si simple en apparence, répondent avec docilité à la semelle des mules que je lui ai toujours connues.

Maman dit qu'elle fait corps avec sa Singer, reine en cette serre qu'elle quitte à regret pour nos repas et pour se coucher. À mon sens, c'est la machine qui fait corps avec elle, qui obéit à son moindre appui, à ses injonctions invisibles, à son magnétisme silencieux.

Dès l'aube, ses longs cheveux gris s'assagissent autour d'un impeccable chignon, lui conférant une douce rigueur. Ses doigts noueux, déformés en coup de vent, commandent sans effort la machine. Aujourd'hui, elle a mis son collier émeraude sur son chandail gris, camaïeu mettant en valeur son regard clair.

Que faire ?

Hypnotisée par cette scène, j'hésite à la déranger, à l'interrompre.

Attirée malgré moi, je m'approche d'elle à pas de sioux, tel un éclaireur circonspect.

Mes efforts de camouflage sont vite démasqués : bruissement des feuilles de l'Aralia du Japon… deux ou trois sphères noires en tombent, roulent sur le parquet. L'équilibre parfait du temps est rompu… le chat au pelage d'hiver lève un œil, s'étire, miaule, dérangé dans son juste sommeil après une nuit vagabonde.

Nullement étonnée, de sa voix chaude, grand-mère me demande de lui faire un câlin, de l'embrasser.

***

Pourquoi le vent se lève-t-il à cet instant ?

À mes pieds, le faîte des mimosas oscille, serpent géant dans la vallée perdue venant se fracasser contre les falaises crayeuses où j'ai installé mon campement.

Je ressens le tremblement du filin, indocile, en prise avec ce souffle thermique annonçant le proche coucher du soleil.

Toutes les conditions sont réunies pour que ma tentative de franchir cette étroite vallée vire au drame. Pas d'équipe pour m'accompagner, aucun secours à proximité. Je compte sur mon équilibre félin, mon mousqueton et ma bonne étoile.

Toujours avancer. Penser à grand-mère, au rythme de sa machine, mélodie ancienne et si présente.

Ne jamais s'immobiliser, regarder le pin sylvestre, sentinelle extrême de mon périple.

Oublier le serpent jaune en contrebas, prêt à m'engloutir.

Lever le pied arrière juste ce qu'il faut. Arrêter de respirer. Poser la pointe de pied au-devant du fil, ensuite la voûte plantaire et enfin le talon. Ce schéma tellement répété qu'il en est devenu atavique, un fil cousu sur un ourlet.

Puis recommencer, sans penser au vide, à la fatigue, aux muscles crispés, transis par l'humidité et le froid dévalant des montagnes enneigées.

Cheminer, ne rien céder aux éléments vertigineux et attirants, au frémissement envoûtant des mimosas, formes sombres, craquelant sous l'emprise du vent. La vallée gravitaire bruisse, m'appelle. Ma promesse, celle du sang, résiste à cette sombre attraction.

Ce serait si tentant de céder à la dérive des larmes…

***

Je prends grand-mère dans mes bras.

Les siens bien que fins dégagent une force surnaturelle. Et que dire de son regard bleu acier, reflétant toutes les nuances de l'aube filtrées à travers la verrière ? Pourtant, je ne résiste pas à me lover en son chandail, à passer mes mains entre son collier et sa nuque, à sentir son parfum léger évoquant un soir de printemps, de pivoines éternelles.

— À quoi va servir ce tissu grand-mère ?

— C'est une salopette pour ton petit frère.

— Ces rayures blanches et orange iront si bien avec ses yeux bleus, j'ai hâte qu'il la porte.

— Sois un peu patiente, Libellule. Tu voudrais toujours que tout soit terminé avant même de commencer. Je te le promets, elle sera bientôt prête si tu me laisses poursuivre mon ouvrage. Il fait doux ce matin, profite vite de ta corde pendant que tes parents dorment. Ta maman s'effraie de tes acrobaties, même à quelques centimètres au-dessus de la pelouse tendre. La perspective d'une entorse l'angoisse…

— Et Papa pense que j'abîme le tronc de ses arbres vénérés avec ma corde…

— Ils en ont vu d'autres, tu sais. Enfant, je venais jouer avec mes amis ici, en bordure du grand domaine. N'aie crainte, ils ne te lâcheront pas. Ce fil représente ta ligne de vie.

Mon étreinte se desserre malgré moi, mais la chaleur de grand-mère reste en mon corps, dans mes membres.

Avant de grimper sur le fil, de tutoyer mes sommets enfantins, mes yeux d'enfant se posent sur grand-mère, absorbée sur son ouvrage, appuyant en rythme sur sa pédale, imprimant sa mélodie couturière jusque dans les frondaisons du jardin.

Elle me l'a dit : le temps n'a pas de prise sur sa machine à coudre ni sur elle.

Pourtant, à travers la transparence de la véranda assombrie des lianes, je la sens fragile. Les fougères noires veulent l'ensevelir, la mêler à leur humus.

***

Mes pieds tremblent, mais tiennent bon : souplesse dans la fermeté, visage détendu, concentration à son paroxysme.

Le soleil en son dernier rayon ébrèche de rouge sanguin la vallée et dédore les mimosas.

Sans m'arrêter, je tire devant moi le tissu que je porte en bandoulière, je le déplie de mes doigts engourdis.

Les cendres hésitent à quitter leur habit aux rayures blanches et orange, puis s'envolent vers l'obscurité. Leur gris bleu se mélange aux pastels violacés de la nuit tombante.

— Adieu, Petit-Frère !

Lever le pied arrière…

Continuer en rythme.

Je suis l'aiguille qui jamais ne se sépare du fil.

Balles de break

Nous sommes quatre, un peu foutraques, un peu gauches, vaguement à droite, doués en amitié, un peu moins en amour.

Des mecs comme les autres et pas vraiment, ayant au seuil de la quarantaine réussis assez leur vie pour être à l'aise, mais pas au point de se prendre la tête.

Avec leurs petites lubies et encore quelques rêves à étancher.

Nous nous sommes trouvés à la Fac, perdus en construisant nos familles et retrouvés en divorçant dans le même tempo-allegro. Télépathie amicale ?

Tous les vendredis soir, nous finissons notre semaine tertiaire sur la terre battue. C'est un terrain aux gradins mouchetés de pissenlits, un club au-delà du périphérique.

Nous jouons en double, pour le plaisir, mais motivés aussi pour une petite victoire volée aux années que nous ne voyons pas passer.

Sur le terrain, nous ne nous ressemblons pas : palette variée du gaucher tout en slice au crocodile terrien calculateur, en passant par le volleyeur impénitent et moi le relanceur émotif.

Nous nous complaisons en nos différences.

Cette fin de journée d'automne s'allonge, somptueuse.

Le feuillage aux ors soyeux des marronniers accompagne le flamboiement crépusculaire.

Nous jouons avec les contrastes, le clair-obscur, les ombres vespérales, en taquinant les lignes et la bande du filet.

Nous sommes les quatre au diapason, au meilleur de notre forme, tellement concentrés, tellement appliqués que nous ne contestons pas un seul point, sans même nous chambrer pour un bois, une balle décentrée ou direct dans la bâche.

La partie est acharnée. La nuit tombe vite, trop vite, implacable.

À 6/6 dans le troisième, notre gaucher nous rappelle qu'une bonne table nous attend. Il serait dommage de ne pas profiter d'une terrasse en ce come-back estival.

Finalement, cela nous arrange ce soir de ne pas nous départager, d'en rester sur cette égalité merveilleuse… pour l'éternité.

On prend notre douche dare-dare.

— Toi l'écolo, on est à la bourre alors tu laisses ton vélo quelque part dans le club-house et tu nous fais l'honneur de monter avec nous, n'en déplaise à tes principes de midinette !

Je m'exécute sans discuter. En plus, je crois que j'ai crevé à l'avant.

***

Le périphérique est fluide et s'entiche de la lumière de la ville scintillante.

Périphérique intérieur, Porte de… On s'enfonce dans la capitale avec une facilité quasi mortelle, comme dirait mon ado de fils.

Pas simple de se garer, mais la voiture n'est pas encombrante. Elle en a vu d'autres côtés carrosserie et un bout de trottoir de biais fera bien l'affaire. La maréchaussée doit aussi profiter de cette douce soirée et regarder le match de l'Équipe de France avec une bière pression bien fraîche. Autre chose à faire que de nous verbaliser, de nous enquiquiner.

Nos places sont avancées en terrasse, en première ligne pour mater les passants enjoués, enfin plutôt les passantes. Ce soir, toutes les femmes sont jolies et dérèglent encore plus le climat.

Un mur couvert de lierre sombre jouxte notre table. Il apporte une fraîcheur délicate.

Je ne sais pourquoi, je ressens dans le bruissement du vent dans le feuillage comme une sourde menace.

Elle s'estompe vite, tant la soirée est joyeuse dans une ambiance de quatorze juillet embastillé en novembre. Le Saint-Joseph blanc, un nectar pour les papilles, se marie sans conteste avec les saveurs curry-safran de nos plats. Il participe au feu d'artifice des sens.

Même le crocodile terrien d'habitude tout en contrôle se laisse porter par la vague. Il nous rappelle une phrase de Thierry Roland après la victoire de l'Équipe de France à la Coupe du Monde de 1998 : après cela, on peut mourir… enfin le plus tard possible !

Revenu aux fondamentaux, le volleyeur impénitent engage la conversation avec nos quatre charmantes voisines, bien adoubé par le gaucher qui commande une bouteille à leur santé. L'ag n'a pas été consultée, mais on s'en passera pour délibérer.

Comment sont-elles, nos voisines ?

Souriantes, simples, nature, ouvertes à nos blagues modérément distinguées.

Vivantes, tout simplement !

Détail qui aura son importance, je suis un buveur invétéré d'eau citronnée en toutes circonstances et plus encore sur les terrains de tennis.

Sans trop entrer dans des considérations urologiques intimes, je n'ai pas eu le temps de satisfaire mes besoins vu le timing serré de la soirée.

Bref, je prends le chemin des toilettes, au moment choisi justement par l'une de nos charmantes voisines pour se lever et manifestement avec la même intention.

Comme par hasard celle qui m'avait tapé dans l'œil !

Pas une mince affaire de les trouver d'ailleurs, ces toilettes, ensevelies, enfouies, enterrées, encastrées dans le calcaire parisien…

Enfin, nous finissons par les trouver.

Galant, je laisse la priorité malgré ma vessie pleine comme la Seine lors de l'inondation de 1910.

À l'ouverture de la porte, on me sourit, lueur douce en cette atmosphère de catacombes.

Instant espéré, mon tour vient : les grandes eaux !

Heureuse surprise quand je sors, on m'attend au milieu des cartons, des balais, des aspirateurs, des poubelles, des pièges à nuisibles enlacés de toiles d'araignée, des caisses de bouteilles consignées, des cageots de primeurs vides.

Ce sous-sol de service, dans la pénombre entretenue par quelques ampoules souffreteuses, offre un havre de paix, une promiscuité douillette, un cocon souterrain.

Déjà complices, nous remontons les escaliers et retrouvons le rez-de-chaussée étrangement animé tel un ball-trap improvisé par une confrérie de chasseurs débarqués du Vexin français.

Mieux vaut avancer avec prudence.

En alerte, nous nous arrêtons derrière un pilier de bistrot en fer forgé.

C'est un blindage de fortune, de bonne fortune contre les balles perdues qui nous effleurent. En leur course folle, elles grêlent le comptoir, brisent les miroirs, font éclater les bouteilles apéritives fluorées qui se répandent les gouttes d'un sang shooté aux amphétamines enrichies en uranium.

Après, tout n'est plus que bruits de chaises et tables renversées, crépitements, étincelles, hurlements, fureur, barbarie, terreur… puis le silence assourdissant des gisants avant le requiem des sirènes.

Toute cette nuit, nous nous tenons la main dans la lumière blafarde des gyrophares, reflétée par les couvertures de survie aluminées. Des soignants en chasuble orange se penchent sur les blessés, couvrent les rescapés, accueillent les larmes.

Nous sommes deux êtres intacts et vivants, au milieu de l'insomnie du treize novembre 2015.

Queutés en bourse

Tous nos mélanges
Cotés en bourse (...)

Alain Bashung – « Je t'ai manqué »

La scène

— Une brasserie chic – comptoir en cuivre, tubulures en inox, banquettes en moleskine, boiseries acajou, lampes pastichant l'ancien avec ampoule et filament apparents, serveuses à la discrétion impeccable – qui donne sur un square encerclé de voitures rutilantes autour desquelles rôdent des préposés surconnectés et primés à la contravention.

— Elle : avocate d'affaires, la trentaine conquérante, cheveux roux mi-longs lissés avec soin, yeux verts de jade, teint clair sans être pâle, tailleur noir impeccable, sur le buste, une broche en forme de libellule dorée – mannequin idéale pour la publicité d'une bière rousse danoise – ; elle finit son verre de Jurançon – arômes de miel, nez de muscade –. Elle a sorti son paquet de cigarettes, le malaxe, enlève le film translucide sublimant l'image mortifère et le slogan définitif qui ne tempère en rien l'addiction des fumeurs.

— Lui : entrepreneur dont la carrure d'ancien rugbyman – il fut en son temps un trois-quarts centre aussi véloce que créatif – masque plus ou moins son embonpoint, cheveux en bataille – le gris prend l'avantage –, cravate dénouée, mais portée on ne sait comment avec élégance.

— Eux : associés, amants par inadvertance.

La fin du déjeuner s'enlise dans la brume accrochée à la grisaille manucurée des façades, dans les non-dits, dans les silences décapés, dans le marc de café gisant au fond des tasses refroidies.

***

Elle passe à l'offensive :

— Darius, cela va finir par se voir !

— Gamin, je jouais sur cette place.

— À force de rogner sur tout, de négocier des bouts de chandelles avec les fournisseurs, de privilégier le moins-disant…

— Il y avait un immense marronnier.

— On a signalé à tes services commerciaux des incidents en pagaille, des pièces défectueuses, voire dangereuses, la rupture des accessoires bas de gamme, l'électronique déficiente… et encore si tes produits étaient moins chers que ceux de la concurrence…

— On se regroupait les mercredis après-midi avec les autres gamins du quartier après les devoirs expédiés – congédiés.

— Tu as embrouillé ton monde avec tes rondeurs rassurantes : tes actionnaires, tes banquiers, tes employés, et moi accessoirement, avec tes marges à deux chiffres. Mais cela va être difficile de noyer le poisson plus longtemps !

— Aux billes, j'étais imbattable – j'ai commencé avec des terres, sans valeur que certains gamins négligeaient de ramasser en fin de partie. J'ai gagné très vite mes premières agates et après mes porcelaines, et enfin les rares et recherchées ivoires.

— Ta société et toi avec allez exploser en plein vol. Un journaliste, informé par une fuite en interne, investigue, interroge les clients, et c'est le genre à aller fouiller dans les poubelles… je me suis renseignée.

— C'était juste avant mes dernières grandes vacances de l'école primaire, j'avais joué sur une partie toutes mes billes, tout mon butin récolté au fil des mercredis – même les ivoires, car les enchères étaient montées sans que j'y prenne garde –. À quitte ou double. On jouait au trou, celui qui gagnait était celui qui enfilait la dernière bille dedans. Toutes nos billes autour de ce trou, les dégradés de couleurs, le verre des agates réfléchissant le ciel immaculé de juin, les porcelaines placées avec circonspection aux endroits stratégiques. C'était un billard à ciel ouvert, un enchevêtrement de sphères multicolores, deux gamins qui jouaient leur trésor… leur peau.

— Darius, tu te rends compte que ça va te péter à la figure. Tu suscites trop de jalousies et je connais un tas de gens qui jubileront de t'écraser lorsque tu auras un genou à terre. Tes prétendus partenaires de golf ou de ton club privé attendent la première occasion pour te dézinguer. Certains ont su, contrairement à toi, avoir les bons relais dans l'administration, la justice, la politique.

— Il restait une bille en dehors du trou, une malheureuse terre crasseuse, marron. C'était comme si tu jouais tous tes jetons au poker avec une paire de huit. Il l'avait un peu avancée. Elle était encore loin du trou. J'estimais à 50 % mes chances de la rentrer. Il était aussi habile et rusé que moi, si je l'approchais un peu, ses chances grimpaient facilement à trois sur quatre.

— Je ne pourrai bientôt plus rien faire pour toi. Et tu sais quand la curée commence, tout s'effondre très vite, les rats quittent le navire : les châteaux en Espagne brûlent tels des feux de paille et mes montages juridiques acrobatiques n'arrêteront pas la horde prête à t'étriller, t'écharper…

— Je l'ai prise ma chance. Mes doigts étaient moites, mais mon œil précis. Il ne fallait pas me queuter. J'ai bien dosé mon coup : le pouce ferme, l'index lâché avec souplesse. La bille a pris la juste vitesse pour atteindre le trou et gravir le léger monticule l'entourant. Elle y est tombée telle une feuille morte, n'a même pas rebondi sur le tas amassé. Je me souviens du bruit mat, léger choc qui m'a semblé durer une éternité, un acouphène du fond de mon enfance.

— Tu sais, je peux reprendre mes billes sans problème, te lâcher moi aussi. J'ai d'autres clients et certains ne verraient aucun inconvénient à ce que je leur consacre plus de mon temps, y compris le peu qui me reste de libre.

— Le coup parfait. Le gaillard avec ses larges épaules voûtées, sa lèvre inférieure un peu tombante en est restée bouche bée… il avait misé toute sa fortune lui aussi. Je n'ai rien vu venir : il s'est levé, s'est précipité vers le trou, a rempli ses poches comme il a pu et est parti en prenant ses jambes à son cou. Il faisait une tête de plus que moi, courait vite malgré son air empesé.

— Toi, tu as fait ton beurre depuis toutes ces années. Je suis bien placée pour savoir que tes comptes cachés sont en sécurité là où il faut. Je ne peux pas me permettre de me griller plus longtemps sur la place. Ce monde est si petit, il ne pardonne rien. Tu as été mon premier client, tu m'as appris le métier et sa face cachée, tu m'as séduite, tu as éloigné mes angoisses, fait de moi ce que je suis aujourd'hui pour le meilleur… et pour le reste.

— Le lendemain, il y avait un écriteau sur la place : le marronnier était atteint d'une maladie au nom imprononçable, alors que tous les ans il donnait de superbes fruits qui nous servaient de projectiles pour dévoyer septembre : ses insaisissables lumières derrière les vitres mornes de l'école, ses odeurs de cartables neufs et de colle au parfum d'amande. Cela n'a pas traîné : élagage des hautes branches, tronçonneuses frénétiques, rondes de camionnettes pour enlever le cadavre ancestral. À la rentrée suivante, le macadam était coulé, les places de parking matérialisées et les parcmètres installés… J'ai compris que pour gagner dans le monde des adultes, il fallait être cynique, sans état d'âme, mentir pour obtenir ce que l'on désirait.

***

— Darius, reviens sur terre !

— Mademoiselle, je vous quitte à regret.

Toutefois, vous seriez bien aimable de me dire combien je vous dois.

— Toujours charmeur. N'oublie pas le pourboire !

— Pour qui ? Pour la serveuse qui écoute notre dialogue de sourds ou pour toi Lisa ?

Raisons d'états

Doutoura Tomăis neves
11, Rua de Santo Amarro
1200.803 lisboa

Prof. Dout. Vasco Zephyros
Serviço de oncologia
Centro Hospitalo Universitărio
Lisboa norte
Av. Prof. Egas moniz
1699 lisboa

6 de Abril 202.

Caro colega,
Caro amigo,

Je t'adresse en urgence la patiente Lunea Vanâncio, âgée de 20 ans, domiciliée à Lisbonne.

Le scanner réalisé le 4 avril dernier, dont tu trouveras le compte rendu joint à ce courrier, montre des lésions au niveau du sein droit.

Vu l'âge de la patiente et l'avancement apparent de sa maladie – bien qu'il n'y ait pas d'antécédents familiaux connus –, je te serais reconnaissant de la prendre en charge dans ton service pour y réaliser des examens approfondis.

Pour ta complète information, cette patiente est sourde-muette de naissance. Sa mère, la juge Vanâncio, l'accompagne à ses rendez-vous médicaux.

Je pense bien à toi et espère que tu vas pour le mieux après l'épreuve que tu as traversée l'an passé.

Atanciosamente,

Tomăis

***

Vasco se souvient de sa rencontre avec le couple Vanancio, éminents juges, elle, à la Cour des comptes et lui, président de la Cour constitutionnelle.

Il les avait rencontrés à une réception, sûrement la dernière à laquelle il se soit rendu avec sa femme, déjà malade. Maintenant, il reste cloîtré chez lui, dès qu'il rentre de l'hôpital. Juste un crochet à la supérette ouverte jour et nuit au coin de sa rue, aimantant les veufs et les noctambules.

Il avait été séduit par la simplicité et la bienveillance du couple Vanancio à cette réception, ils étaient à l'aise parmi ce que Lisbonne comptait de sommités politiques, scientifiques et de hauts fonctionnaires.

Vasco avait échangé ce soir-là avec le juge Vanancio, homme attentif aux autres, à l'écoute souriante, au vocabulaire précis qui savait élargir le dialogue et mobiliser l'intelligence de ses interlocuteurs. Cette soirée avait été pour lui une parenthèse, car l'issue pour Pandora ne laissait guère de doute. Le juge avait compris sa douleur. Et lui s'était senti élevé par leur conversation, tandis que l'océan, abandonné à la clarté vacillante, virait au bleu mat.

***

L'examen au PET-scan confirme les suspicions de son ami *Tomăis*.

Telle une pieuvre sournoise, le cancer s'est étendu, au sein de l'organisme et touche les os. En résumé, un pronostic épouvantable qu'il ne cachera en aucun cas aux parents de Lunea. Il sait trouver les mots en pareilles circonstances. C'est inné chez lui. Il avait même su le faire avec Pandora…

Lunea lui rappelle son père, captant les émotions des autres, sondant au plus profond de leur âme, traduisant ce que leur regard trahit. Malgré son professionnalisme, Vasco sent que, cette fois-ci, son expression n'est pas restée neutre. Il éprouve une lasse impuissance, face à cette maladie qui est maintenant sa seule compagne.

Étrangement, les images rendues par les technologies dernier cri, les caméras ultras sophistiquées, forment un patchwork de couleurs chaudes, bleutées sur tels organes, mauves sur telles vésicules et orangées au fil des méandres du système vasculaire. La maladie se fait artiste, peintre avant-gardiste, par touches aléatoires, par débordements plus ou moins maîtrisés. Vasco ne peut dissocier son regard de cette œuvre créée de toute pièce par les cellules cancéreuses, leur esthétique efficacité.

Ce soir sur sa terrasse, ni la vue sublime sur l'encre rougeoyante de l'océan, ni le verre de vin n'apaisent Vasco.

Jamais, il n'a ressenti avec une telle douleur l'absence de Pandora.

Il y a autre chose aussi, quelque chose de très ancien, ancré en lui, rivé à sa plus profonde révolte, avec quoi il a rendez-vous.

***

Vasco est très en avance intellectuellement pour son âge.

Un handicap en fait…

Chez lui, à table, il n'a pas droit à la parole, sauf pour se joindre aux prières marmonnées par les adultes.

Son père, visage émacié et brûlé par les travaux des champs, évoque les piètres récoltes, la sécheresse prenant en tenaille le plateau adossé à la montagne. Sa mère est trop occupée aux fourneaux pour se plaindre. Sa vie n'est que labeur, silence et résignation.

Les vieilles tantes, célibataires depuis toujours, cheveux cachés par des bandeaux noirs, endeuillent la maisonnée étriquée. Sévères, elles veillent sur les moindres faits et gestes de Vasco, le seul enfant de la maison.

L'après-midi s'étire.

Vasco s'ennuie. Il prend conscience au fil des jours qu'il n'a pas sa place dans cette maison.

Tout est lourd, pesant, malsain.

L'orage ne vient pas. Par quel sortilège, passe-t-il toujours à côté de ce coin de terre ?

Les crucifix, les chapelets égrainés par les vieilles tantes n'y changent rien.

Alors, demain, dimanche de Pentecôte, il y aura une procession vers le couvent où se terre une soi-disant miraculée, dans l'espoir qu'elle fera tomber la pluie.

Vasco ne croit pas aux miracles pour changer le cours des choses.

Déjà, il montre un esprit cartésien, une soif de comprendre, un refus d'accepter la fatalité scandée par le vieux prêtre du village.

Il ne croit pas à l'histoire de cette jeune paysanne atteinte d'une maladie incurable qui la paralyse jour après jour un peu plus, l'empêchant de respirer. Elle aurait eu, une nuit de pleine lune, la force de se lever de son lit – comment ? – aurait traversé le jardin de sa masure et, face à la source jaillissant d'une anfractuosité, aurait eu une apparition de la Sainte Vierge.

Guérie, elle aurait pris le lendemain le chemin du couvent de Santa-Maria où elle s'adonne depuis à une vie de prière et de silence.

Rien pour vérifier, aucun fait, aucune preuve.

Rien que la crédulité des villageois illettrés, le meilleur terreau sur lequel la religion pousse et que le vieux curé arrose de son eau bénite, putride.

Pour jeune Vasco, l'histoire a été montée de toutes pièces : les sœurs du couvent profitent de la pauvreté de la crédulité des habitants du pays.

Vasco partira dès que possible.

Il étudiera pour échapper à ce monde sans issue, de pleurs, de flétrissement. Être réduit à des bras, lutter pour la survie d'une tribu grise et rêche, il ne l'accepte pas, il ne veut pas être paysan.

En cette veille de Pentecôte, son destin se scelle : il sera médecin, et combattra la maladie qui abîme les corps et étiole les âmes. Il travaillera dur pour échapper à cette terre maudite.

Demain, il ne suivra pas la procession de moutons et d'ânes, en file indienne tous derrière le vieux curé en tenue de carnaval et les enfants de chœur collés à sa soutane.

Et l'odeur de l'encens dans la chaleur écrasante l'écœure, le révulse.

Il les imagine déjà tous : les hommes avec leurs costumes rapiécés sentant la naphtaline, les femmes en robes noires, marchant avec peine dans leurs souliers du dimanche torturés par les mauvais chemins de pierre.

Et ce petit monde arrivera devant le couvent.

On lui présentera la miraculée derrière son voile.

Brièvement, avant de la replonger dans les ténèbres.

***

Au fond de la nuit d'avril, le vent s'est levé.

Pandora est présente.

Son souffle le caresse.

Il l'enlace, se réchauffe contre son fantôme, son parfum encore présent, son souvenir obsédant.

Tout se mêle, son enfance, le sourire de Pandora, ses études, les nuits de garde où elle passait discrètement le voir quand le flux des patients tarissait – une parenthèse enchantée –.

Tout s'évapore.

Il s'éveille.

Il se rend compte qu'il a déjà vu le visage de Lunea, ses yeux en amande, ses pommettes un peu saillantes, eurasiennes, sa peau lisse. Que ce visage est avec lui depuis toujours.

Au fond d'un placard, il a gardé ses vieux cahiers d'école primaire. Il appréciait son jeune instituteur, Senhor Grilo obligé de se plier aux croyances locales, aux pouvoirs du vieux prêtre sur les parents, mais dont il percevait la clairvoyance, la lucidité, la rationalité, le goût de l'observation de la nature.

Il quitte le lit.

Tel un chat, il se faufile dans la pénombre. Il se dirige vers le placard, qu'il ouvre.

Sous une pile de documents, son vieux cahier d'école jauni n'a pas bougé.

Il veut revoir une image pieuse qu'il avait reçue pour ses brillants résultats.

Son instituteur avait voulu lui donner l'image du nouveau train qui faisait la liaison Lisbonne-Porto. Le vieux prêtre, toujours aux aguets, rodant dans la salle de classe, avait objecté que pour Vasco, mieux valait lui marteler que la religion était au centre de tout…

Il sait exactement quelle page il doit ouvrir pour trouver la photo de la miraculée… le visage de Lunea…

***

Vasco arrive dès l'aurore laiteuse à l'hôpital.

Sa marche entre rosée et lever du soleil n'a pas désentravé le linceul de son insomnie.

Le service est encore vide ; le personnel d'entretien nettoie à cette heure les parties communes et arrose les plantes vertes de la salle d'attente.

Vasco allume l'ordinateur, tape son identifiant, n'a même pas besoin de patienter. La connexion au réseau à cette heure-ci se fait en un instant.

Le dossier de Lunea, le dernier qu'il ait consulté hier est en tête de liste.

Il l'ouvre, clique sur les images associées du PET-scan.

Les images défilent, sages : plus d'organes fluorescents, de vaisseaux orangés, de vésicules pourpres… plus de cellules cancéreuses.

Vasco prend une feuille de papier et commence,

Caro amigo,
Caro Tomăis,

De ton vieil ami agnostique, tu attends tout sauf qu'il te parle d'un miracle, pourtant…

De là, crois

À part un couple d'Australiens, je suis seul dans l'atelier.

Je dis Australiens, car le mot Sydney revient souvent dans leur conversation, au demeurant très discrète. Comme il est difficile de faire ici un quelconque lien avec la capitale de la Nouvelle-Galles-du-Sud, je suppose que c'est leur lieu de résidence.

Ils m'ont gratifié d'un sourire lorsque j'ai pénétré dans la vaste pièce.

C'est agréable de ne pas avoir de gardien assoupi sur le dos.

Le combat du Giaour et du Pacha m'apparaît dans une fracassante intimité.

La lumière tombe vite en ce début décembre.

Le regard orangé du Giaour me captive, à moitié dissimulé derrière sa toge. Il est presque à la verticale de l'œil orange exorbité, sidéré du cheval du Pacha.

La pénombre du tableau résonne avec celle de cette fin d'après-midi : mêmes lavis bleu-gris, mêmes trouées jaune pâle en sursis.

Accaparé par cette scène dantesque, je ne réalise pas tout de suite que les Australiens ont disparu et qu'il s'est mis à neiger à gros flocons sur le jardin carré en bas.

Depuis combien de temps n'a-t-il pas neigé sur Paris ?

En me penchant à l'unique fenêtre de l'atelier, je crois voir que l'enceinte extérieure est vide, recouverte d'un duvet laiteux, immaculé, comme posé à regret. Le musée serait-il déjà fermé ?

L'idée d'y passer la nuit ne me déplaît pas.

Mais après quelques secondes, je distingue, faisant corps avec l'ouate neigeuse, une silhouette drapée dans une parka vermeille avec un bonnet de la même couleur.

Recroquevillée sur elle-même, immobile, elle semble plongée dans un livre… ou plutôt un carnet à en juger par les arabesques que sa main dessine.

Aussi mystérieusement qu'elle s'est mise à tomber, la neige cesse en un instant.

Une lumière rescapée allume des dais carmin sur le jardin enseveli et éclaire la silhouette, un visage apparaît.

Des traits hiératiques, féminins, asiatiques.

Je distingue le fusain dans la main gauche, le carnet dans la droite, objets sombres contrastant avec les mitaines vermeilles.

Qui est cette artiste ? Il me semble qu'elle lève la tête dans ma direction.

En une fraction de seconde, le ciel s'éteint.

Le jardin s'éclipse.

L'atelier bascule dans l'encre bleu nuit.

Je quitte à pas lents la fenêtre.

Prostré, je ne veux faire ni bruit ni geste, ne pas balafrer cet instant parfait.

Le temps s'écoule, jusqu'à ce que j'entende des pas feutrés gravir l'escalier du jardin.

Un grincement de huis – raté pour la discrétion – je sors une tête de l'atelier et scrute le perron.

Une ombre passe devant moi. Elle laisse un parfum de patchouli.

Fantôme surpris, elle se glisse dans le bâtiment principal du musée, referme la porte.

Une fin de non-recevoir ?

Le froid humide m'enlace, me tétanise au seuil de l'atelier.

Que faire, la poursuivre, la rattraper ?

J'y vais, puis je recule, contemple le jardin désert.

Ses pas minuscules ont laissé un chemin hésitant jusqu'au banc où elle était assise, à l'instant encore.

Je trace un chemin parallèle au sien. À l'inverse, mon sillon manque de grâce.

La place étroite où elle s'était installée est vierge de neige.

Une minuscule congère s'est formée avec l'autre partie du banc, blanchie.

Le carnet, le fusain posé sur la couverture flotte sur la pellicule immaculée.

Il dégage la force d'un talisman, une énergie organique.

M'en emparer serait-il sacrilège ?

Je ne peux me résoudre à le laisser là, à l'imaginer demain plongé dans le tombeau des objets trouvés. Tendant une main hésitante, de peur de le souiller, je le ramasse.

Le cuir en est brûlant malgré les flocons.

Il réchauffe mes mains endolories par le froid.

En un éclair, je rebrousse chemin et je gravis les marches des escaliers deux à deux.

Ouvrant la porte sans ménagement, je sors de sa catalepsie, la gardienne affalée sur sa chaise.

Le musée n'est pas grand, retrouver celle que je cherche sera un jeu d'enfant.

En quelques secondes, l'étage est passé au peigne fin.

En vain…

L'heure de fermeture est annoncée par un haut-parleur à bout de souffle.

La gardienne, le buste droit, me fusille du regard : impossible de rester.

Il me faut descendre. J'en profite pour scruter la présence d'une hypothétique coursive par laquelle mon inconnue se serait dérobée, évaporée.

En bas, la préposée aux billets range sa caisse – qui doit être tout sauf mirobolante, vu la fréquentation –.

Je l'accoste, manquant de trébucher sur la dernière marche inégale de l'escalier.

Elle s'amuse plus, qu'elle ne semble étonnée de mon agitation.

Je lui décris, confus, la personne que je cherche : asiatique, parka et mitaines vermeilles, elle n'a pas dû passer inaperçue !

Étonnamment, si !

Pressée d'en finir avec sa journée atone, elle me conseille de me calmer, de rentrer chez moi au chaud et de prendre un remontant. Puis quittant sa cage en verre, elle m'invite à sortir en me montrant la bonne direction. Sourire professionnel mille fois exécuté : au revoir !

Côté rue, la neige est aux abonnés absents.

Aurait-elle déjà fondu, exposée aux rejets des pots d'échappement ?

Il fait toujours aussi froid, pourtant…

Renonçant à comprendre cette anomalie météorologique, je m'engouffre dans la bouche de métro la plus proche… en plus, il va falloir me coltiner une correspondance.

Seuls le carnet et le fusain, restés dans ma main, apportent une preuve tangible de cette fin d'après-midi hors du temps.

***

Du parcours en métro, je n'en retiens qu'une oppression tiède : les musiques s'échappant des casques, les jingles de téléphones portables, les visages des usagers blasés de leur journée. Le mien ne doit valoir guère mieux…

Enfin ma station, un dernier effort pour m'extirper de la rame bondée : je bouscule les malotrus qui restent figés devant la porte coulissante.

Excepté une ombre pressée qui prend déjà le tunnel menant vers la sortie, le quai est désert.

Sur l'escalator, un air glacial réveille mon corps engourdi.

Je longe l'allée des hauts platanes. Malgré la saison avancée, certaines feuilles, reflet caramel, s'obstinent à braver l'avancée du calendrier. Ici non plus, nulle trace de neige…

Mon immeuble m'attend et ma concierge aussi, cerbère fidèle au poste et scrutant, collectant, triant le courrier pour les résidents. Je l'imagine tenant des statistiques sur le nombre de plis, leur nature – factures, journaux, magazines, recommandés avec ou sans accusé de réception, cartes postales, correspondances amoureuses… – que chacun reçoit.

De son strabisme convergent, elle scrute le carnet et le fusain que je tiens toujours entre mes mains en me tendant un pli.

Je la remercie pour la forme sans faire attention à l'enveloppe qu'elle finit par me lâcher avec une grotesque solennité.

Dans un style moins bignole, mon appartement m'accueille à son tour.

Sobre, fonctionnel, mais enjolivé çà et là de souvenirs personnels, de petits tableaux hétéroclites trouvés dans les poubelles des beaux quartiers à potron-minet, le fauteuil club dans lequel mon grand-père fumait sa pipe, un vieux ballon de rugby à lacets égaré par un ouvreur à la semelle de plomb. Et au milieu de ces quelques mètres carrés, payés au prix très fort, mon chartreux occupe en permanence le terrain.

Il vient me caresser et miauler en se frottant contre le carnet. L'urgence féline a ses exigences : les croquettes spéciales chat + 7 ans stérilisé sont versées à la hâte dans son bol, au motif vaguement cubiste, tout propret.

À mon tour, je fais bouillir de l'eau, une tisane à la camomille – comme l'aimait ma grand-mère – fera l'affaire, avec des biscuits à la cuillère rescapés d'une charlotte dont j'ai le secret : prouesse pâtissière épatant le monde de la part d'un vieux garçon.

Repu, l'inoffensif félin vient se frotter à moi sur le canapé pour sa séance quotidienne de câlins.

Tous les sens en éveil, j'ouvre le carnet en espérant trouver des indices qui me mèneraient à mon inconnue.

Les pages présentent des croquis pris au fil des saisons : une fin d'hiver lumineuse, des bourgeons sur les arbres, une myriade de cerisiers en fleurs, des cascades d'azalées, un paysage maritime bordé de pins clairs dont la pliure atténue les rayons verticaux d'un astre invisible, l'arrivée à pas feutrés de l'automne dans un camaïeu d'orangés clairs sur des taches rougeoyantes.

De quoi émerveiller ses rétines, me croire immergé dans un jardin sensuel de l'archipel nippon.

Une touriste ? Comment la retrouverais-je ? …

Le carnet a réchauffé mes mains, me les a adoucies.

Le chat en a assez de la séance de caresses et s'en va, d'un pas dédaigneux, dans la chambre. Il se mettra sur le rebord de la fenêtre et scrutera le square désert à peine perturbé par le jet de la fontaine XIXe que la mairie d'arrondissement n'a pas encore pensé à couper, à moins que ce ne soit du ressort de la ville. De quoi occuper ce qui reste de la soirée de cet oisif invétéré.

Il s'est assis sur l'enveloppe remise par ma trop curieuse concierge.

Format A3, joli papier kraft, couleur crème.

Pas de timbre…

Je la décachette.

À nouveau, un dessin au fusain.

Son ambiance est tout autre que celle du carnet :

Au premier plan, un minuscule jardin se recroqueville sous une couche de neige ;

Au deuxième plan, une bâtisse lutte contre la masse des immeubles voisins ; un escalier la dessert, ainsi qu'une maison de maître plus élevée.

La nuit est presque installée, ne subsiste qu'une nitescence tourmentée. À la fenêtre, une silhouette semble scruter le fond du jardin, camouflée par les ténèbres ourlées de bleu grisé.

Seul l'éclat d'un regard orangé transperce l'obscurité sourde.

Cadastre

Les arbres, eux, n'ont, semble-t-il, d'autres défenseurs que moi-même et il apparaît que cela ne compte pas.

Extrait d'une lettre de Georges Pompidou,
Président de la République,
à son Premier ministre
Jacques Chaban-Delmas
le 17 juillet 1970

Depuis le temps que nous nous connaissions, sa disparition, si subite, m'a fait un choc…

J'en tremble encore.

Oh, bien sûr, à la mauvaise saison, avec le froid et les frimas, nos relations s'en tenaient à l'essentiel ; pour ainsi dire, elles étaient des plus dépouillées.

Chacune, en son pré carré, prenait racine.

Nous coupions les ponts.

Si par mégarde, un midi opalin se voulait à peine engageant, nous sortions du bois et humions la terre humide lestée du givre fondu.

Les années plus clémentes, dès la mi-février, nous reprenions le fil de nos conversations – à mi-mots, osa-t-elle me dire un jour –. Certes, elles restaient discrètes, ténues, mais nous en savourions la sève nouvelle, le bourgeonnement, la fécondité à venir.

Jonchées de crocus, nous touchions la prime vers la mi-mars, non sans avoir passé le balai après la floraison des genêts.

Le printemps installé pour de bon, nous parlions à bâtons rompus et pour tout vous dire, nos bavardages alternés se ramifiaient, se divisaient, fleurissaient. Innervées de la luminescence des longs jours de juin, nous nous tenions la grappe jusqu'aux heures les plus indues, en profitant d'une verveine ou d'une camomille, sous le faîte majestueux des tilleuls, à l'aise venus dans nos sabots.

Volubiles, nous égrainions nos souvenirs bigarrés, nous papillonnions, nous ornementions juin, nous jouions les belles de nuit, nous jouissions des fragrances pré-estivales, du jasmin en cascade.

Nous faisions feu de tout bois.

Pour nous qui n'étions plus des jouvencelles, de telles joutes n'étaient-elles pas des fruits défendus ?

Mais à nos âges, nous étions toujours vertes, ivres de vitalité ; nous gardions la pêche.

Je ne voudrais pas dire, mais je la trouvais parfois elliptique, partant en vrille.

À ses heures, elle me bassinait. Mon penchant pour elle, alors, s'étiolait.

Cela ne durait pas et j'avais besoin de ramener ma fraise.

Au fond, nous étions si près l'une de l'autre.

Sous la lumière verticale de juillet, franchement nous badinions. Les fugaces rosées évaporées, nous transpirions jusqu'au soir, attendant un orage qui jamais ne venait. Mais cette période de dormance était après tout le corollaire du printemps où nous nous étions déployées. Et nous transpirions toujours sous nos ombelles pour résister à ces jours suffocants. C'est bien là le lot tu des nôtres.

Enfin, les lumières oblongues, irisées des confins d'août, venaient rompre notre torpeur estivale. Nous dégainions, impatientes de nous plier à la nouvelle mode automne-hiver. Émoustillées par les averses drues, il nous arrivait même de nous opposer, de nous chercher des noix, de nous filer des prunes, quitte à vendanger quelque temps nos relations de voisinage devenues épineuses.

Cela faisait un peu pervenches, montées ainsi sur nos ergots.

Nos bisbilles ne s'éternisaient pas. Très vite, nous nous affairions et nous sortions nos plus étincelants éperons, nos cols chics. Sous les marronniers, nous pétillions dans nos jaunes rougis, dans nos camaïeux, certes un peu flétris aux reflets pourpres, tantôt parés de rayures, tantôt unis. Nous savions pertinemment que nous brûlions de nos derniers éclats en nos manteaux duveteux. Nous flétrissions au fil des jours rétrécis.

***

Splendeurs éphémères, fin de cycle, amen…

Venaient alors les jours lavés des grandes eaux, les intempéries en rafale ; la décomposition d'un monde pourrissant à nos pieds.

Exfoliées, nous avions l'une comme l'autre remisé nos costumes d'apparat dans les limbes.

Sans bruit hier, aux brumes figées d'un petit matin de novembre, je vis par le portail du verger voisin ramper une énorme chenille jaune. Dans un bourdonnement frénétique, elle se dirigea tout droit sur ma voisine, lui coupa l'herbe sous les pieds et (pire que cela) la déterra sans sommation, la passa à tabac dans ses fourches, avant de la gerber à même le sol.

D'elle, il ne restait que quelques pelletées de tiges et de brindilles ; elle avait capitulé.

Ce fut le coup de bambou.

Elle n'eut pas droit à une haie d'honneur…

En coupe réglée, son enterrement se fit sans fleurs et sans couronnes : triste sort biaisé !

Elle laissa derrière elle un parterre de trompettes des morts, alors que je la croyais immortelle.

Puis, un mur monté à la va-vite – par un plat âne ? – l'a remplacée : gris, austère, muet.

Être ainsi emmurée, cela me donne de l'urticaire et bien des soucis.

Difficile pour moi maintenant de reposer sur mes lauriers, je serre feuilles et pétales.

Garderais-je souche encore longtemps ?

Sans elle, je me sens à la rue, échancrée, tronquée, chancelante, pleureuse, solitaire…

Mes pensées envers elle demeurent pennées.

Tonkin

Transfert de siège
Société civile du Tonkin
Société civile de commerce de bois exotique
au capital de 15 000 €
Siège : 15 Boulevard Montaigne
94100 Saint-Maur-des-Fossés
820 777 000 RCS Créteil
Aux termes d'une délibération en date du 19 septembre 201.,
l'AGE a décidé de transférer le siège social du
15 avenue Montaigne, 94100 Saint-Maur-des-Fossés
au 171 rue Saint-Honoré, 75 001 paris à compter de ce jour
et de modifier en conséquence l'article 1.4 des statuts.
Modification sera faite au Greffe du Tribunal de commerce de Paris.
Pour avis, la gérance.

Paris, Ier Arrondissement

Un ciel d'Île-de-France, tourmenté et pur à la fois, comme seule cette mi-saison en apporte. Des nuages inoffensifs festonnent les toitures, le zinc des gouttières, les gris délavés des escaliers de service, les mastodontes d'acier et de verre en gestation… au loin.

La ville conserve sa chaleur interne sous sa carapace : réminiscence d'un été sans concession.

Je pénètre dans la salle immaculée, ascétique, épurée.

Impression renforcée par le gris anthracite du mobilier scandinave.

Mon nom frappé sur le carton aux liserés indigo est une faute de goût : hypothétique grandeur, dont je ne suis pas dupe.

Tout cela repose sur des actions anciennes, bouts de papiers froissés, gisant au fond d'une armoire forte empoussiérée dans une cave lugubre de banlieue où traînent quelques guirlandes de Noël dépareillées.

Une jeune femme, chignon impeccable, tailleur de circonstance – encore ce gris ! – fait passer l'urne dans laquelle les jetons de présence résonnent austères, distants… absents, dirais-je !

Le bal masqué des faux jetons peut s'ouvrir.

L'assemblée générale extraordinaire est ouverte.

Pour les deux heures à venir, je serai abreuvé de chiffres, de courbes, de tableaux dynamiques croisés, d'indicateurs en majuscules, de prospectives à cinq ans, de bénéfices, paraît-il, toujours en hausse.

À quel prix ?

Celui de forêts primaires sacrifiées pour produire des parquets bon marché ?

Celui de langues ancestrales, en exil, s'éteignant à petit feu dans les bidonvilles d'Hanoï ?

Celui de la beauté farouche d'une vallée, de ses singes hurleurs déplacés sans vergogne, de ses orchidées exfoliées pour créer un nouveau barrage hydroélectrique ?

Bien sûr, on n'évitera pas la petite parenthèse sur le bilan carbone, excellent comme il se doit, couche d'acrylique maquillant les tuyaux percés de notre croissance à presque deux chiffres.

Au final, la compensation tiendra dans quelques arbres médiocres, vulgaires bouleaux, sapins nains, faux-acacias, plantés sur un no mans land enserré dans une bretelle d'autoroute de faubourgs industrieux.

Au vrai, tout le monde s'ennuie, s'en fiche éperdument.

On vante en aparté les mérites de sa dernière C6, 607 ou Talisman, toutes options comprises.

Sur le plan professionnel, on cultive le luxe français, discret, pas rutilant, mais confortable. Mais ce week-end, on sortira la voiture de sport, allemande de préférence, voire italienne pour les nostalgiques des films parfums rose bonbon-vanille issus de la Cinecittà.

Modèle SUV ou coupé-cabriolet ? Le coupé-cabriolet tient mieux la route sur les départementales du bocage, et la boue insidieuse s'agglomère à la sortie des champs de maïs. Va pour le coupé !

C'est malheureux, mais je regrette déjà les anciennes réunions à Saint-Maur-des-Fossés, les pavillons de banlieue en meulière cachant de ravissants jardins aux lisières exotiques, aux chats paresseux, alanguis, mais impitoyables quant à l'intégrité de leur territoire. Au moins, le regard pouvait divaguer.

Je venais à vélo par coquetterie distinctive.

Le gardien de l'immeuble me connaissait depuis ma prime enfance, sinon il n'aurait jamais cru que je faisais partie de cette assemblée, si distinguée, si contrite.

À l'origine de l'entreprise, il y a mon grand-père paternel, que je n'ai pas connu, si ce n'est par une photo sépia où il se tient debout sur une jonque, en apesanteur, et glisse sur le flou d'une rivière jaunissante.

C'est lui qui a tout créé : les comptoirs minuscules en bordure de jungle, les réseaux d'intermédiaires plus ou moins fréquentables, les dépôts lacustres d'approvisionnement de bois, les circuits de convoyage sur les rivières boueuses, le réseau de fonctionnaires à arroser en espèces, en passe-droit, ou en femmes aussi sublimes qu'exploitées.

Il a tout connu : les soirs mauves sur le Mékong où le sang de la journée se mêle aux ondulations du courant, la malaria rendant les nuits moites et les rêves fiévreux, la mousson retardant de plusieurs semaines les livraisons, mettant ses associés de métropole dans un état d'apoplexie, les sourires jusqu'au fond de la misère, le fusil toujours en bandoulière, l'invasion japonaise, la fin de l'Empire français au fond d'une misérable cuvette…, à nouveau la banlieue parisienne, trop terne, pas assez sucrée, pour y mourir, paraît-il, avec une déconcertante nonchalance.

Puis, ce fut au tour de mon père, avec sa passion de ce qu'il appelait encore l'Indochine, mais qui ne l'était déjà plus.

La veille de ses départs, il prenait des airs de comploteur taciturne et revenait, après plusieurs semaines, épanoui, me racontant (toutes ?) ses aventures pour m'endormir et je faisais de beaux rêves.

Au matin, je le retrouvais entouré de mystères, de non-dits, et ne comprenait rien à ses activités de marchand, baroudeur tropical et viril.

Plus tard, il m'inscrivit dans une école de commerce, bien sous tous rapports, qui me servirait, et à lui aussi, pour développer du réseau.

Je rêvais de littérature, d'écrivains voyageurs, de moussons, de jungles imbibées de cataractes, de mon grand-père.

Un jour, enfin, nous sommes partis ensemble, mais mon père n'est pas revenu. Me laissant la veille du retour un simple mot à l'hôtel, il disparut.

Était-il arrivé au bout de ses voyages intérieurs ? Avait-il fait le tour de la moiteur, des bars à filles de Saigon, des quais spongieux au bout des pistes, des entrepôts louches saturés de fumée, des hommes de main toujours sur le qui-vive, des lambeaux de jungle se réduisant comme peau de chagrin ?

À mon retour, dévasté, j'ai fait la connaissance de ses associés et pris sa suite.

Me jugeant trop tendre, ils ont dépêché un représentant sur place, parlant la langue, un habitué passé par la Légion étrangère et les services secrets. Robuste, prêt à tout, barbouze et pas qu'aux entournures.

Je ne boxais pas dans la même catégorie.

Revenir à la réalité : fils et petit-fils de.

Se contenter du strapontin, luxueux, doré : sois sage, petit !

Ne plus y penser : garder mes tempêtes à l'intérieur.

L'argent coulait à flots aux prix de quelques jetons de présence.

Je m'en suis, je l'avoue, contenté fort longtemps.

Cela me payait mes fantaisies, la vie dans les beaux quartiers, les terrains de tennis en terre battue impeccables, juillet dans le Lot, août à La Baule. Vite plier bagage avant les grandes marées !

Mais un mondain en déshérence se démode.

Heureusement, il me restait l'écriture, mes carnets à spirale et petits carreaux, mes crayons usés, mon imagination en divagation, qui seuls me semblaient authentiques et me faisaient tenir debout !

La réunion se termine.

Mon billet en poche, je prends l'air grave et empesé de celui qui quitte les obsèques d'une vague connaissance.

Cette nuit, je prends la route du Havre, pas l'autoroute. Suivre les ondulations placides des feux des péniches aimantées par l'embouchure de la Seine.

Me faire exploser les yeux des phares des voitures d'en face, jouer à la roulette russe pied au plancher à l'orée des virages sournois.

Puis je me rendrai au Terminal II, léger, libre. Je monterai dans ce porte-conteneurs à la destination lointaine. Je n'emporterai avec moi que mes rêves clandestins.

Moi aussi, je déménage !

Plus qu'un frère, une demi-sœur m'attend à Saigon.

Cure art

Les crépuscules sont une grâce que la nature nous fait, c'est une lumière que régulièrement nous ne devrions point avoir et qu'elle nous donne par-dessus ce qui nous est dû.

Fontenelle, *Entretiens sur la pluralité des mondes*

Un nuage retardataire, dernier de cordée, lâche ses gouttes à regret.

Mai, mois hydrique à la clairance insondable, foisonne de ciels de traîne.

Il porte toute la palette des verts, jade, amande, céladon et les émeraudes infinies.

La ville est nettoyée par les ondées courtes, lixiviation des pollens, des scories, des enduits pétrolifères. Les ruisselets moirés s'en vont vers l'asphalte, vers les tubulures ouvertes aux ailleurs recyclés.

Mes pas m'amènent presque en périphérie de la ville, royaume sage des allées de platanes.

Découvrir un musée ignoré, rongé par les lierres ensauvagés, perdu dans le dédale des voies de marchandises.

Déjà, la lumière verticale de l'après-midi s'allonge, s'enfuit, arrivée à sa non-destination.

La quiétude du perron, l'absence d'écriteaux touristiques font écho à l'austérité calcaire de la façade dans le plus pur style néoclassique. Des buis veillent en sentinelles dépouillées, verdure minérale.

Où vais-je entrer ?

J'ouvre la porte. Sans un bruit. Un clair-obscur sépulcral m'accueille, m'invite au silence.

Le bruissement de mes pas soulève de fines poussières. Elles retombent sur un tapis oriental où elles dessinent comme un palimpseste floral.

Une présence attire mon attention.

Ou bien est-ce la trépidation feutrée d'un lent convoi ferroviaire, déjà parti au loin ?

Une chevelure rousse et lisse encadre un visage opalin, ponctué d'un piercing sur une narine donnant un charme un peu déséquilibré au nez qui le porte.

L'hôtesse me sourit et me tend mon billet, à un prix modique, bradé.

— Vu l'heure à laquelle vous arrivez et le temps que vous prenez pour venir jusqu'à moi, je culpabilise à pratiquer le prix fort à votre égard. Suis-je si intimidante ?

Mutine, sourire de porcelaine, elle me tend mon billet, comme si elle avait anticipé ma venue. Troublé, je le prends.

— Prenez le temps de tout voir, me dit-elle.

Les pièces recèlent de trésors cachés à qui sait laisser ses sens le guider.

Ce lieu fourmille, respire, inspire, soupire d'être méconnu.

— Je vous laisse divaguer à votre gré. Belle visite !

Je m'éloigne avec l'impression de lever l'ancre vers une contrée intimidante et intime à la fois.

Les salles encombrées de marqueterie, de bibelots, de scènes de chasse, de portraits d'aïeux empruntés et solennels sont désertes. Mais j'aperçois de temps à autre une ombre qui se déplace dans l'enfilade des portes, mirage se glissant dans un couloir à contre-jour.

Silhouette gracile, singulièrement familière, elle se dérobe à mon approche.

Malgré les fenêtres donnant sur un jardin sombre, verdoyant, il flotte une odeur de renfermé, de meubles calfeutrés, de parchemins humides, des effluves mi-moisis, mi-sucrés.

À mesure que je m'enfonce plus avant dans ces collections aussi insolites que classiques, une sobriété de bon aloi fait place au capharnaüm initial.

Ce qui semble être la dernière salle à visiter est réservée à un unique portrait : une demi-déesse dans un décor luxueux de tentures capitonnées me toise en sa sensualité figée.

Sans sa robe plissée safran et sa chevelure de jais, elle se fondrait, lascive, dans le décor brun gris reproduit par le peintre, un disciple anonyme du grand David.

L'aura qui se dégage d'elle, sa puissance délicate, me tétanisent.

Ses lèvres fines, aux reflets orgeat, me susurreraient-elles des mots en une langue chatoyante et inconnue ?

Ses bras découverts, fins et sensuels semblent sortir du cadre, prêts à me saisir, à m'envelopper, à me dorloter pour l'éternité.

La salle est baignée d'une lumière à la déclinaison envoûtante.

Soudain, les dentelles du rideau se soulèvent et s'agrippent en vain à la fenêtre, portées vers le dehors pourtant immobile.

J'y vois un signe et je descends les quelques marches en grès rose donnant sur la cour intérieure.

Lisses, les graviers blancs captent l'ourlet tiède des pastels pourpres de la fin du jour.

Leur clarté minérale contraste avec la végétation de sous-bois invasive.

Je m'enfonce dans cette clairière urbaine, les sens flattés par les volutes de muguet et le pourrissement de glycines délavées.

Un seul arbre trône, un tulipier de Virginie majestueux sous lequel se complaît une rangée de glaïeuls beau-rivage aux plissures rose corail.

Plus profond encore, s'ouvre le paradis des rhododendrons. Univers assombri, s'abandonnant vers quelques éboulis. Sous cette voûte fraîche, une faible luminosité me transperce, me guide, me porte.

Un pavillon de chasse est accolé au mur d'enceinte, sur lequel des fougères épiphytes s'étagent en damiers. Tout est vide en apparence.

La porte, en fer forgé, est entrouverte.

Je me glisse en cet interstice.

Un martèlement assaillit soudain le silence que je pensais trouver.

Tenant fermement son burin, la vendeuse de billets, maintenant en salopette bleue sur un tee-shirt taupe, fait corps avec une sculpture de marbre qui ressemble à la déesse de la dernière salle. Elle a, sur le bras gauche, un tatouage coloré qui me fait penser au tapis poussiéreux de l'entrée. Ce sont sur sa peau nue de profondes clochettes pourpres le long d'une hampe ; cela me rappelle une fleur que je connais bien, mais je ne sais la nommer.

La jeune femme, repérée, se retourne, m'apostrophe en un muet sourire.

Sur ses lèvres, je crois retrouver l'orgeat des lèvres de la demi-déesse.

Le martèlement se fait moins sonore.

— Vous avez trouvé ce que vous ne cherchiez pas, n'est-ce pas ? Ne faites pas cette moue, ce n'est pas de l'ironie. Plutôt que d'enregistrer le code postal des rares visiteurs, je préfère connaître leurs ressentis, leurs émotions et leurs vibrations secrètes.

— J'ai eu l'impression d'une solitude paisible et surveillée, lui dis-je. Mais bienveillante, portée par la patine d'un temps suspendu.

— J'ai senti dans votre démarche votre timide curiosité dès que vous avez franchi le seuil du hall tout à l'heure, que ce lieu vous envoûterait. Au vrai, savez-vous que très rares sont les visiteurs à venir jusque dans mon atelier, surtout à cette heure où les ténèbres du jardin ensevelissent la réalité ? Cet hôtel particulier m'appartient. La plupart des portraits sont ceux de mes aïeux, en particulier la déesse à la grecque. En fait, une courtisane du Directoire qui a su pousser ses pions, traverser le Consulat et l'Empire sans froisser quiconque à la Monarchie restaurée. Un accident de calèche a mis fin à son remarquable parcours…

Et toujours taquine, elle ajoute :

— Je devrais vous faire sortir, car vous avez dépassé le créneau horaire de visite.

Je ne peux la contredire. Le ciel attendri de nervures bleues, tacheté de traînées pâles, signale sans équivoque une soirée bien entamée en cette saison.

— J'imagine que personne ne vous attend ce soir.

Et même si je me complais en cette solitude choisie, il ne me déplairait pas d'aller chercher dans la cave une bouteille en provenance des vignobles de lointains cousins de Quincy. Cousins, si lointains qu'ils me vendent leur nectar à un prix d'or. Il faut dire que notre famille est dispersée et ravagée par les cadastres provinciaux, les héritages démembrés, les contrariétés notariales, les litiges intergénérationnels…

Elle ne me laisse pas le temps de lui répondre et déjà elle disparaît sous le frou-frou des frondaisons.

Seul un bruit étouffé, le souffle d'un puissant train voguant à travers l'étoupe de la nuit, me rappelle par son effleurement la réalité du monde matériel, pressé, contemporain.

Aurais-je pu croire à une telle rencontre même dans mes rêves ?

Je ne lui ai même pas demandé son prénom ni énoncé le mien.

Est-ce que cela possède au fond une once d'importance ?

Au bout de quelques minutes d'attente, le vent se lève et une sensation de froid intérieur m'envahit.

Les feuillages denses dégagent une hostilité sourde dans laquelle l'obscurité s'engouffre.

Nul réverbère à proximité, nulle source de lumière, un ciel primitif, sans étoile.

Je tâtonne et manque de glisser sur le tapis spongieux des mousses et lichens.

La lune ne se lèvera pas cette nuit.

Quelle heure est-il au juste ?

Un temps infini semble s'être écoulé.

Est-ce l'effet hypnotique de ce lieu au charme désolé ?

Bientôt la pluie, elle déverse son aqueuse meurtrissure.

Tant bien que mal, je me fraye un chemin à travers les frondaisons et me retrouve sous le tulipier en face de la bâtisse tous feux éteints.

Une marche du perron mal négocié heurte mon tibia.

La porte-fenêtre par laquelle je suis sorti tout à l'heure est entrebâillée. La flanelle du rideau, fantomatique, voltige toujours à l'extérieur, aspirée par le vent tendu des invisibles filins de la nuit.

À nouveau, je me retrouve dans la salle du portrait, baignée d'une lumière mystérieuse, en provenance d'étoiles imaginaires. La nocturne désolation renforce encore son aura, son magnétisme puisé dans les siècles passés.

Un détail, indéfinissable, a changé.

La lune se lève, éclaire la salle, singulièrement le portrait.

Cette nitescence m'apporte une révélation. Le bras gauche de la muse porte en tatouage une vénéneuse digitale.

Derrière moi, une ombre frissonne, glacée par l'éclat cristallin du clair de lune.

Je m'élance à la poursuite d'une bacchante.

Salto arrière

Sous ses pieds, elle sent le contact rugueux de la roche, les microcisaillements des fins cristaux de mica.

Elle a besoin de cette légère sensation d'inconfort pour s'élancer de la falaise ambrée par les rayons obliques du soleil.

Sa respiration est profonde, lente, harmonieuse, en phase avec le paysage grandiose qui se déploie pour elle seule. Elle s'étonne encore de l'intrépide liberté qu'elle a choisie.

Tous muscles tendus, le haut du corps parfaitement gainé, elle regarde l'horizon adouci des bronzes immobiles de l'automne flirtant avec le bleu nuit profond des flots.

Laisser l'instinct dicter les figures du plongeon.

Être sur le fil entre maîtrise et improvisation.

Enchaîner les mouvements, les rotations, sans jamais perdre la notion de l'espace.

Trouver à chaque fois une variante, se différencier de tout et surtout d'elle-même, de ce qu'elle fut la veille et qui ne doit plus être. Et abolir le temps, le conjuguer au parfait du présent.

Depuis longtemps, elle a abandonné les bassins artificiels, les néons blafards, l'odeur du chlore, les bruits enfermés qui viennent et reviennent dans les tympans.

Depuis longtemps, elle a répudié son dernier entraîneur et ses programmes militaires.

Depuis longtemps, elle a tout balancé, les médailles en toc, les juges tatillons, les rêves d'olympisme.

Depuis longtemps, elle arpente des routes en lacets dans son combi avec pour seul compagnon un chien court sur pattes, mais interminable en fidélité.

Depuis longtemps, elle sait trouver le spot idéal, le promontoire secret ouvert à toutes les hypothèses, toutes les arabesques.

Elle aime les lacs de moyenne montagne qui captent les frêles chaleurs d'altitude.

Elle aime se bercer au grand air, faire du vent son allié et non son ennemi périlleux.

Elle aime le vol libre, sans jugement, sans note, sans compétition.

Elle aime défier les lois de la gravité, inventer des variations ébouriffantes.

Elle aime savoir qu'une fraction de temps, elle fait jeu égal avec les oiseaux.

Elle aime repousser l'instant où elle entre en contact avec l'eau, choisir quelle partie exacte de son corps viendra creuser un sillon dans l'outre bleue.

Elle aime toucher les sédiments du fond, sentir les bulles phréatiques, lui caresser les voûtes plantaires, les masser, les pétrir.

Elle aime le temps long de la remontée silencieuse à la surface, encore tout émoustillée de son incursion entre cieux et eaux.

Elle aime la nage souple, sensuelle, pour rejoindre la berge sauvage.

Elle aime le jappement mi-soulagé, mi-frénétique de son fidèle compagnon lorsqu'elle sort de l'eau.

Elle aime s'emmitoufler dans sa serviette laissée en plein soleil sur un rocher plat.

Elle aime remonter sur son belvédère improvisé et se dire que son prochain plongeon sera encore plus étourdissant que le précédent.

Elle prend son élan.

Elle sait que cette année les eaux du lac sont moins profondes que l'an passé.

Elle aime prendre son risque, sentir son cœur battre un peu plus fort qu'à l'accoutumée, ressentir l'adrénaline dévalée en elle et ses muscles se crisper, à peine.

Elle veut que cela ne s'arrête jamais, repousser toujours plus loin les limites de son corps, de la gravitation.

Elle craint l'emprise froide des jours qui passent.

***

Comment se fait-il que l'eau soit aussi opaque, aussi chaude aujourd'hui ?

Où sont passées les bulles traversant les sédiments lacustres ?

Qui a eu l'idée de poser du carrelage au fond des eaux ?

Qui lui parle ainsi à mots couverts ?

Où est-elle ?

Elle veut remonter à la surface.

Elle brasse dans le vide.

Elle se débat.

Elle étouffe.

Elle veut toucher la rive.

Elle aimerait caresser son chien.

Elle n'aime pas comme on lui parle.

Elle n'aime pas être enfermée, apeurée.

Elle n'aime pas cette dépendance humiliante.

Que s'est-il passé ?

Retrouvera-t-elle la liberté des grands espaces ?

Retrouvera-t-elle la maîtrise de son corps ?

À défaut, il lui reste l'ultime plongeon.

Fontaine recluse

Quelle étrange... sensation.
Comme si tout avait été disposé pour mourir.
Pour mourir ?
Oui ! Mourir, mais pas demain.
Au contraire : hier !

Hugo Pratt, *Les Helvétiques*

Venez !
Suivez-moi !
Allons !

Certes, vous vous attarderiez bien sur cette place…

Je vous l'accorde, elle en jette, avec son enfilade de fontaines, geysers intarissables sortant de la bouche de demi-dieux en étain qui vous fixent d'un regard courroucé. Que vous soyez fascinée n'a rien d'étonnant, je le fus il y a bien longtemps aussi. Et puis, on s'y fait, même si l'œil est toujours happé par cette eau dont on ignore de quelles sources fabuleuses elle jaillit.

Vous avez raison, tant de monde vient voir ce lieu, le photographier, le filmer, immortaliser ses cataractes, s'asperger, s'immerger en sa fluide aura.

Un tel déferlement, ici au milieu des montagnes arides, battues par les vents, je comprends que l'on veuille rester, se désaltérer en une improbable oasis, s'y ancrer.

Vous aimeriez vous asseoir sur les escaliers en face pour profiter de la caresse des volutes humectant votre bouche, vos yeux, votre âme.

Je vous l'accorde.

Faites, je vous en prie !

Mais voyez, l'aube limpide, en cette saison, s'est à peine retirée et déjà les badauds affluent !

Les marchands posent leurs étals, leurs cartes postales criardes, leurs sucreries sirupeuses, leur camelote d'importation – Il est vrai qu'à part son vin gouleyant, ses figues et ses olives, notre contrée ne brille pas par son artisanat et son industrie.

J'insiste.

Nous serions bien inspirés de partir maintenant.

L'astre du jour darde déjà ses rayons impitoyables et le chemin qui nous attend n'a rien d'une sinécure.

Vous me reprochez de ne pas vous avoir donné rendez-vous plus tôt, nous aurions eu tout loisir d'apprécier l'endroit avant qu'il ne soit bondé. Tranquillisez-vous, je ne vous ai pas fait venir d'aussi loin pour nous mêler au troupeau, j'ai d'autres ambitions pour vous.

Mettons-nous en chemin !

***

Très vite, ils quittèrent la cité, éblouis par les parois montagneuses saturées de lumière.

Le sentier emprunté se fit très vite escarpé.

À part quelques ifs enroulés contre les murets de pierres, le paysage, tout en falaises et rochers saillants, ne leur offrit aucune protection contre la fougue du soleil.

Ils marchèrent sans s'arrêter, flattés ici et là par les effluves aromatiques de thym et de romarin.

Lui, de son pas sûr, connaissait bien le sentier.

Ils ne croisèrent personne. Seuls quelques signes dans les maigres fourrés attestaient d'une faune discrète : fuites de lézards interrompus au milieu de leur bain de soleil, suspension soudaine d'un chant de cigales sur leur passage.

Après plusieurs heures de montée, ils atteignirent une forêt de cèdres majestueux.

Elle sut que le but de son pressant guide approchait. Ils firent une pause et s'arrêtèrent sur un promontoire. Peu habituée à autant d'effort, elle était surprise d'avoir gravi la montagne sans réelle peine. En bas, la cité ressemblait à un coquillage ébréché, en perdition, échoué sur une terne grève.

Ils se remirent en marche.

Bientôt, elle entendit de l'eau s'écouler ; elle se laissa guider par ses sens à la recherche de cette fraîcheur.

Elle est arrivée à une grande fontaine, sans ornement, sans fioriture : un clair filet d'eau venait emplir une vasque laquée de pierre noire. La pureté de l'endroit l'émut, la saisit, la figea.

Elle pressentait qu'ils n'étaient pas seuls. En effet, une femme, silhouette féline, s'approcha sans se soucier d'eux le moins du monde.

Sa jupe aux pastels clairs lui couvrait les jambes jusqu'aux chevilles, qu'elle avait cerclées d'anneaux cuivrés. Les cheveux relâchés, se terminant en boucles écrues, la nuque noire contrastaient avec un caraco clair. Elle tenait une jarre noire comme la fontaine. Elle rejeta ses cheveux en arrière et se pencha pour prendre de l'eau. L'eau cessa de couler un instant dans la vasque profonde. Les bras fins et musclés de la femme ne tremblaient pas.

Elle posa sa jarre et but quelques gorgées à la fontaine.

Alors, elle consentit à regarder les étrangers et d'un geste hiératique leur fit signe de la suivre.

Ils descendirent alors l'autre versant de la montagne, nervé de maigres rigoles. Des plantes grasses géantes se frayaient un passage entre des tiges de bambous, à la recherche de leur part de lumière.

Ils furent accueillis par un cortège d'enfants, venus à leur rencontre et nullement gênés par leur intrusion. Ils portaient des gourdes en peau de chèvre en bandoulière. La femme s'arrêta, déposa sa jarre sur le sol meuble et remplit leur gourde d'eau fraîche. Puis, ils entrèrent dans le village. Les enfants les laissèrent, s'éparpillèrent, rafraîchis, gais, vivants.

La femme mena ses hôtes jusqu'à une hutte en bambous.

Un homme au corps d'adolescent mince et glabre, mais au visage buriné et gravé de rides les attendait. Du regard, il invita les étrangers à s'asseoir sur des coussins de jute posés sur le sol, tandis qu'il délestait la femme de sa lourde cruche. Elle s'assit avec eux.

L'homme leur servit l'eau de la fontaine dans des bols en pierre de lave et sur une grande feuille de palme du manioc épicé de safran.

Après que chacun eut fini de se restaurer, l'homme prit la parole et son timbre profond emplit la hutte. Il parlait leur langue à la perfection, la maniait avec précision, avec éclat, mais dans le ton de son récit, on percevait une sourde colère.

Au début, lorsque la ville fut bâtie sur l'autre versant de la montagne, ses ancêtres ne s'en étaient pas souciés. Mais, la cité commença à prélever l'eau dont elle avait besoin pour son usage domestique. D'abord, elle détourna quelques rus qui se frayaient un chemin à travers la montagne. Puis, elle grandit et dans sa vanité créa sa grande place aux nombreuses fontaines. Pour alimenter ces dernières, on dériva les sources des crêtes qui coulaient vers le village. Tant que les saisons des pluies furent généreuses et longues, le village s'adapta en construisant des rigoles, qui fertilisaient les terrains en lisière du village.

Puis les temps changèrent. Année après année, les saisons sèches s'allongèrent. Les récoltes s'amenuisaient. Les villageois cultivèrent des plantes moins exigeantes en eau, mais moins nourrissantes. Leurs enfants avaient faim, les anciens mouraient plus tôt.

Aujourd'hui, l'eau était devenue rare. Ils avaient décidé de reprendre leur bien ancestral, de colmater les uns après les autres les aqueducs qui abreuvaient les fontaines. Les femmes du village étaient les plus zélées à se réapproprier les sources, à faire revenir l'eau nourricière.

Ayant terminé son récit, l'homme invita ses hôtes à rester, car il percevait la pureté de leur cœur. L'étrangère se sentait en osmose avec ce peuple. Elle admirait sa ténacité. Elle décida de rester.

Le lendemain, à l'aube naissante, la femme qui les avait accueillis accompagna le guide à la sortie du village et lui dit en souriant qu'il serait toujours le bienvenu.

Il repartit vers sa cité sans avenir.

Il avait promis de garder pour lui ce que le chef leur avait dit, de ne rien divulguer, d'attendre en paix ce que le cours du temps déciderait.

En chemin, il fut dépassé par un groupe de femmes portant des outils de terrassement en bandoulière, heureuses de vaquer à leur œuvre de réappropriation.

***

Le temps a passé.

Sur fond de crépuscule en passe d'extinction, les chats vagabonds tiennent salon sur la place aux fontaines. Leurs vasques marbrées s'ébrèchent en de longues veines bleutées. Vides, elles ne reflètent plus le ciel assombri piqueté de roses enflammés.

Un jour, les fontaines ne coulèrent plus.

D'abord, leur débit faiblit, puis elles tarirent pour de bon.

On chercha en vain les plans des réseaux les alimentant.

Ils avaient disparu, si tant est qu'ils eussent existé.

On n'insista pas.

Les touristes désertèrent la cité. Elle se vida aussi vite qu'elle s'était emplie.

Et on oublia qu'elle avait existé, qu'elle avait trépidé au rythme de ses jets frénétiques.

Au vrai, qu'avaient fait ses habitants de toute cette eau volée ? Un théâtre à ciel ouvert, insensé, pour des passants désœuvrés, qui captaient quelques images et repartaient aussi vite sous d'autres cieux.

Une nouvelle cité fut bâtie, plus loin, aux confins du massif, où les quartz affleurent et zèbrent le calcaire. À la hâte !

Sur la place aux fontaines, les herbes folles jouent une partie d'échecs sur des carreaux de faïence. Il n'y a ni blanc, ni noir, ni vainqueur… que des mosaïques s'effaçant jour après jour.

L'homme est resté : fantôme errant dans les rues vides, cueillant les raisins des vignes vigoureuses, se nourrissant des fruits trop mûrs négligés par les corneilles.

Il cultive un petit arpent de terre rafraîchi par le méandre d'un petit ruisseau sorti des entrailles de la montagne.

L'été, il vit dehors. Il a appris à endurer les nuits froides à cette altitude et s'est aménagé son havre à l'abri du vent, béni par le soleil jusqu'au point du jour.

À la mauvaise saison, il se calfeutre dans la bibliothèque d'une vaste demeure, surplombant un parc ombragé par un palmier.

Il entame sa liseuse hibernation. Il prend un livre au hasard et le dévore d'une traite. Sa vie ne suffira pas pour étancher sa soif de mots.

Plus que tout, il aime le théâtre et le défilé de vies qui se font et se défont en quelques actes. Il lui arrive de lire un passage à haute voix et d'entendre son écho remplir la maison, cabotin sans talent ni critique.

Aux équinoxes et au solstice d'été, il reçoit la visite de deux femmes sur lesquelles le temps n'a nulle prise. L'une apporte de l'eau fraîche et l'autre des fruits juteux.

La première lui humecte les lèvres et le lave. La seconde en un murmure lui demande de les accompagner, de se dépouiller de sa solitude.

Trop orgueilleux, il décline la voluptueuse invitation.

Il est à jamais le gardien de ce lieu, témoin de son aride dissolution.

Il en captera jusqu'aux ultimes vibrations, à l'unisson des battements de son cœur.

La compagnie des chats crépusculaires et du vent insatiable lui suffit.

Les deux femmes lui caressent les joues, les tempes, la nuque, lui glissent un baiser sur le coin des lèvres.

Puis elles s'en retournent, sublimes, célestes tandis qu'il regarde ses anges terrestres gravir le sentier des rêves.

Alter et go

Source photographique :
Azimut. Une marche photographique à travers la France – Collectif Tendance floue

Ne vous fiez pas aux apparences.

Tout semble si paisible. Le charme provincial à l'arrêt, flouté, envoûte, aplanit le cours du temps.

Le ciel bleu à peine délavé, échancré par le passage d'une caravelle, résonne avec le pastel de son chemisier, porté avec une élégance décontractée, un bronzage – fine pellicule cuivrée – sans excès.

L'équilibre de la pose n'exige nul recadrage.

Elle assume sa féminité moderne, naturelle, sans excès, sans timidité non plus.

La fin de journée, en pente douce, s'étiole sous un frêle voile luminescent. Même le poteau électrique, totem de béton gris clair, se fond dans le décor.

La zone pavillonnaire surplombe le tumulte de la route nationale, refoulée en contrebas. De part et d'autre de ce ruban de bitume, l'activité économique se développe comme par enchantement. La zone commerciale périphérique en pleine extension vante une candide abondance. Toute saison apporte son lot d'innovations électroménagères libérant la femme du joug des tâches serviles. Les badauds, consommateurs captifs, affluent dans leurs R16 et autres Simca achetées à crédit. L'inflation efface très vite les emprunts, gomme les dettes. Les remboursements sont indolores, époque insouciante !

L'arrière-saison s'enlumine, atteint son apogée. Les laves de l'été, saphirs tièdes, s'éteignent à petit feu. Les rousseurs caramélisent les haies des jardins sages. Le lierre, natte ambrée, couvre la haie de thuyas. Le mur en grès peine à retenir la végétation du parc biberonnée par les orages d'après quinze août.

Il n'est pas encore l'heure d'élaguer, de faire place nette. La nature vaque à ses vagabondages post-estivaux en une exubérance feutrée.

Ne vous y trompez pas ! Le processus de lente déliquescence est entamé. Les couleurs chaudes brunissent le tableau idéal, le corrompent, le lézardent. Évidées de leur ciment émotionnel, les âmes tiennent debout par bienséance, par convention sociale.

***

Ils ont fini de s'installer à la fin août.

Ce pavillon, situé sur les hauteurs de l'agglomération, représente le rêve d'une vie. Ils ont passé les dimanches à poser du papier peint aux motifs géométriques, à monter les armoires et étagères en formica entre les visites désynchronisées du plombier et de l'électricien.

Dans leur jardin, les végétaux plantés l'automne dernier se sont déployés à leur aise après un hiver rigoureux et un printemps arrosé de giboulées. En apothéose, le bel arbre, qu'elle ne voulait sous aucun prétexte abattre, ne semble pas avoir souffert des travaux de terrassement. Il lui a fallu palabrer avec le promoteur immobilier, avide du moindre arpent de terrain sur lequel spéculer. Lui aussi, un beau parleur…

Mais, avec les travaux qui prolongent les journées de travail, comment trouver du temps pour soi ?

Elle a fait son trou dans l'entreprise, comptable fiable, ne rechignant devant aucune nouvelle mission que son patron, homme aussi bourru que juste, lui confie les yeux fermés. Alors, elle a un peu hésité l'an passé, elle se sentait bien, dans la plénitude de son corps et pensait que ce serait la bonne fenêtre pour arrêter la pilule.

Mais, il y avait tant de projets dans l'entreprise, et le pavillon en construction, et sa veuve de mère qui commençait à perdre la tête seule dans une grande villa isolée et qui l'appelait plusieurs fois par jour au travail…

Elle n'avait parlé à personne de son envie d'enfant. Elle avait continué comme si de rien n'était…

De toute façon, Paul ne lui en parle jamais, elle ne connaît pas ses désirs.

L'activité de son magasin de photographie, installé en lisière du centre commercial, démarre fort. Les communions et confirmations entre Pâques et la Pentecôte, les mariages qui se sont succédé tout au fil de l'été et maintenant les baptêmes lui laissent peu de loisirs, si ce n'est de venir sur le chantier en soirée et entre deux rendez-vous photographiques le week-end. Le prix de sa liberté, lui dit-il.

Elle ne peut pas dire : Paul est joli garçon et sait se montrer adorable.

Ils se sont regardés, sans oser franchir le pas, durant toute leur terminale.

Et puis, il y eut cette soirée pour fêter leur succès au bac, chez une amie commune. Une soirée de juin qui s'éternise enivrée des effluves de jasmin, de bouteilles chapardées dans une cave en terre battue, de premières cigarettes mentholées.

À la fin de cette courte nuit, ils se sont enlacés. Puis, les premiers frissons d'été, les soirées de juillet où ils longent les entrepôts ferroviaires désaffectés bordant le champ de tournesols. Ils laissent aller leurs pas au milieu des herbes folles. On a fermé la ligne qui périclitait depuis que la voiture est reine. Des autocars immaculés ont remplacé la vieille Micheline arrivée en bout de course.

Entre deux cigarettes, elle l'entend, plus que l'écoute, refaire le monde, s'enflammer pour des causes perdues au fin fond des jungles sud-américaines.

Puis, ils se sont inscrits à la Fac. Ils se sont installés dans ce petit appartement, prix locatif modique, tout près du campus sorti fraîchement de terre.

Très vite, bien qu'heureuse de quitter le giron parental, elle sentit une routine s'installer entre eux. Leur couple était un beau ciel d'été, mais sans étoiles filantes foudroyant les constellations.

Malgré les incertitudes, la difficulté de savoir à quoi elle se destinerait professionnellement, sa vie semblait déjà toute tracée, écrite à l'avance, sans une rature, sans chemin de traverse possible.

Les cours ne la passionnaient pas, alors lorsqu'un poste de comptable s'est présenté par le truchement de son père – grâce à son vieux copain de service militaire au carnet d'adresses généralement bien renseigné – elle n'a pas hésité une seule seconde. Elle a toujours bien compté et son patron lui a dit qu'elle se formerait sur le tas.

Elle a laissé Paul poursuivre ses études. Il a obtenu un diplôme en sociologie, puis il s'est cherché à coups de petits boulots. Il avait toujours fait de jolies photographies, alors l'idée d'en faire son métier s'est imposée. Et tant pis, pour les heures passées à écouter les professeurs émérites et leurs envolées fumeuses dans les amphithéâtres.

Les travaux sont achevés, il suffit de se poser, de profiter de la vie, de construire une famille, de se laisser porter, d'aller de temps en temps au cinéma le samedi soir, de partager les dimanches dans le jardin avec les voisins.

Sophie, la voisine, a accouché cet été et pourra lui donner les bons conseils le temps venu… enfin s'il vient ! Elle a retrouvé sa minceur d'avant grossesse. Elle n'a jamais été aussi séduisante avec ses cheveux noirs ondulés qu'elle a raccourcis à hauteur d'épaules depuis la naissance de Vincent. Son fin visage et son regard noisette en fusion s'en trouvent ainsi mis en valeur. La ravissante voisine ne laisse pas Paul indifférent, semble-t-il ?

***

Il est temps de la prendre cette photo… non ?

La lumière, au diapason de la saison, est exquise, sensuelle, charnelle. Elle lui rappelle les vacances en Toscane l'année dernière. La lumière vagabonde de fin de jour, divalente entre la puissance des bleus méditerranéens et des mauves crépusculaires, qui vous ensorcelle, celle qui s'attarde sur le moindre escarpement de terrain d'habitude effacé par le velours de la combe, celle qui, tel un serpent, entortille les filiformes ifs et les lâche la nuit venue, celle qui sous sa puissance tamisée relève tout, remonte tout à la surface, ne pardonne rien.

Le retardateur de l'appareil photo est réglé sur le bon tempo – clic ! – elle a bien calculé son coup, juste le temps de passer de l'autre côté de l'objectif, de prendre sa pose gracieuse, détendue, caméra en main. Elle sait donner le change en toutes circonstances.

Clac !

Alors, elle filme cette rue banale, qu'une fin de journée d'arrière-saison magnifie.

Une rue comme il en existe tant.

Une rue sans autre âme qui vive que la sienne.

Une rue sans échappatoire.

Au débotté

Une file d'attente s'est constituée devant le Philarmonique. Il se murmure que la billetterie dysfonctionnerait, ce qui retarde l'entrée du public. Celui-ci est impatient d'entendre l'immense contre-ténor venu spécialement de l'île de Formose pour ces trois représentations exceptionnelles du Messie de Haendel.

Adeline serre la main de Marc. Elle le sent tendu à l'idée de se confronter à la Grande Culture. Marc pince ses fines lèvres, ne dit mot, et se réfugie dans cet entre-deux-eaux où il navigue à vue.

Lorsqu'ils seront assis, que les bavardages mondains cesseront et que la musique comblera l'ovale de la salle, il se relaxera. D'ailleurs, elle a vu sur la table de nuit, un ouvrage concis sur le compositeur qu'il a déniché chez un vendeur de bouquins anciens. Marc aime potasser à fond les sujets, à travers les livres, le silence des mots. À sa place, elle aurait écouté des passages de l'œuvre sur internet. Mais il n'est pas comme elle, pas comme les autres et cela lui confère un charme unique.

Pour l'instant, elle apprécie l'air doux de la fin mars dans sa robe fétiche, à manches courtes, aux motifs géométriques noir sur blanc. Un blouson en cuir par-dessus lui suffit. Elle sent légère, élégante, sans sophistication. Elle en a oublié une écharpe, elle qui d'habitude redoute le moindre courant d'air.

Sur les parterres bien ordonnés, les crocus jouent leur partition, livrent une mélodie légère en contrepoint de l'austère composition des buis et des lauriers vernissés du Portugal.

Enfant, elle détestait les longs hivers, le froid qui s'immisçait dans les couloirs de la villa parentale sous la porte de verre aux châssis de fer et par les fenêtres mal isolées. Elle se réfugiait de longues heures près de la cheminée, se sentant à l'abri de la bise faisant craquer les branches du pin. L'éclosion des crocus dans le jardin familial, alors que les nuits se faisaient un peu moins longues, avait valeur de renaissance.

Ici, collée à Marc, devant cette salle qui compte tant pour elle, elle voit dans la présence de ses fleurs fétiches un signe du destin. Elle se laisse porter, sait qu'il ne faut pas forcer les événements, que ce qui doit venir à elle se présentera.

***

Samedi dernier, Marc l'a amené dans son monde, lui a présenté son fils. Adeline était rassérénée, elle voyait en cette attention une tendre affection, une marque de confiance.

Elle n'y connaît rien en matière de tennis et mis à part Federer et Nadal, elle serait bien en peine de citer d'autres joueurs contemporains.

Le match était mal embringué pour Thibault. Son adversaire frappait fort et ses services violents assourdissaient la salle glaciale et poussiéreuse.

Pourtant, Marc restait confiant.

Thibault lisait de mieux en mieux le service adverse. Il arrivait à le retourner à coup de petits slices – d'après l'expertise de Marc – sans rebond obligeant l'autre à plier ses grands compas, ce qui le mettait au supplice.

Les échanges duraient de plus en plus et à ce petit jeu Thibault s'amusait à faire courir le grand balaise de l'autre côté du filet.

Les derniers jeux furent une promenade de santé pour Thibault. L'autre avait les batteries vides, ses services se firent silencieux et inoffensifs.

À la fin, tout en retenue, Thibault serra la main de son adversaire et vint saluer Adeline et Marc dans les gradins.

Son père le complimenta en lui disant qu'il avait gagné avec son cerveau, instrument capable de l'extirper de n'importe quelle situation et pas seulement sur un court de tennis.

En blond et un peu plus grand, Thibault est le portrait juvénile de Marc. Même silhouette élancée, même regard clair et lunaire, même voix chaude.

Adeline n'ose penser que Marc est l'homme idéal (elle a déjà donné en la matière…), mais elle n'envisageait plus de faire une telle rencontre. Les mois précédents, elle avait ressenti la dureté muette du temps à l'œuvre. Ses yeux amande sur son teint hâlé faisaient toujours leur effet sur la gent masculine. Mais, elle se sentait moins pétillante, moins séduisante. La balance ne montrait rien d'alarmant, pourtant une pesanteur insidieuse s'abattait sur elle. Et que faire de son épidémie de cheveux gris ? Un jour, elle se convainquait de les assumer, pour mieux débouler le lendemain chez sa coiffeuse en la priant de masquer ses mèches argentées.

Au vrai, sa carrière de chanteuse lyrique marque le pas, patine. On lui propose maintenant de jouer dans des lieux moins prestigieux, périphériques. Le problème n'est pas sa voix, mezzo-soprano à la tessiture toujours aussi étendue et au timbre délicatement velouté qu'elle travaille avec assiduité et protège grâce à son hygiène de vie impeccable.

On lui préfère des chanteuses lyriques plus jeunes, sachant sublimer leur image sur les réseaux sociaux, plus culottées pour se vendre auprès des administrateurs, sensibles à leur plastique.

Cette année encore, Adeline va devoir écumer les festivals estivaux pour assurer ses revenus.

Marc a pris le bon côté des choses. Il y voit une bonne occasion d'aller rendre visite à de lointains, mais indispensables clients du Sud-Ouest, qu'il a un peu négligés depuis la crise sanitaire. Et ils pourront profiter de la maison de famille en Gascogne, habitée par son frère qui en a fait un gîte. De la place a été laissée dans la vieille aile croulant sous la vigne vierge pour les proches de passage. Cela leur fera du bien de quitter la grisaille trépidante de la métropole.

***

La file d'attente avance enfin.

Le public, courtois, mais refroidi, passe comme une lettre à la poste par le guichet, où tout semble fonctionner comme à l'accoutumée.

Adeline sent une émotion sourde lorsqu'elle entre dans le vaste hall de son Philarmonique. Elle a fait ici parmi ses plus belles représentations à l'apogée de sa carrière, ce qui remonte à environ une décennie.

À l'intérieur, la tension est palpable. Quelque chose ne va pas… Impression que tout part à vau-l'eau !

Adeline reconnaît l'administrateur de la salle qui passe et repasse sur la scène, au bord de l'apoplexie, qui enguirlande le moindre lampiste ayant le malheur de se trouver sur son chemin de croix.

La dernière fois qu'elle a candidaté auprès de lui, il n'a même pas daigné la recevoir… Une fringante cantatrice sarde à la mode avait déjà raflé la mise, sans même avoir eu besoin d'être auditionnée… Ses vidéos sur Instagram avaient été convaincantes.

Adeline et Marc s'installent au 3e rang.

Les deux premiers sont encore vides. Les VIP aiment arriver à la dernière minute et se faire remarquer. Cérémonial immuable, jeux ampoulés des courtisans.

Le chef d'orchestre donne le change en prenant un air inspiré, mais regarde ses souliers. Sa crinière de lion s'affaisse au fur et à mesure et la fosse l'ensevelit. Seule une baguette dépasse.

Les musiciens s'échauffent à leur main ; ils ignorent les arabesques désordonnées du maestro. Une douce cacophonie s'installe.

Et l'administrateur est aussi agité que le coyote du dessin animé dans sa vaine poursuite de l'exaspérant road-runner.

Pour le coup, Marc est complètement détendu. À côté, l'ambiance du tennis s'avère plus feutrée que ce capharnaüm musical.

Soudain, repérant Adeline dans la salle, l'administrateur se fige et laisse filer son imaginaire road-runner vers d'autres cieux. Il descend de l'estrade, retrouve de la contenance, une onctuosité urbaine.

— Ma très chère Adeline, vous ici, c'est un miracle !

Notre ténor taïwanais a dû rester alité. Le décalage horaire, à moins que ce ne soit la nourriture occidentale à laquelle il ne s'habituera décidément jamais, ont eu raison de sa légendaire vitalité. Bref, vous tombez à pic !

Et vous êtes en beauté ce soir, rayonnante, sublime.

Suivez-moi, très chère, je vous en prie, le temps presse !

À regret, Adeline lâche la main de Marc qui lui transmet une énergie tranquille, alors que l'administrateur l'amène dans les coulisses, en direction des loges. Elle est à nouveau dans la place et décidée à faire vibrer toute l'étendue intacte de sa voix. Elle n'a ni le temps de se changer, ni de se maquiller, ni d'échauffer ses cordes vocales. Elle sera telle qu'elle est, sans artifice, sans supercherie.

Déjà, la scène se présente à elle. Nulle appréhension, elle plonge dans l'arène.

Le chef d'orchestre a retrouvé toute sa superbe en vieux félin retombant toujours sur les pieds. Comme à la parade, le maestro a repris en deux coups bien dosés de baguette la main sur ses musiciens vagabonds.

Le silence se fait dans la salle. Enchantement de la seconde qui précède l'instant de grâce, où les émotions se libèrent.

A capella, un chant cristallin s'élève, sacralise Haendel, scotche le public par sa sincérité.

L'orchestre est à l'unisson.

Le regard de Marc se pose sur Adeline, l'enveloppe, la porte, la rend légère, lui donne des ailes.

Elle flotte.

Blouson rouge pour nuit noire

Aussi banal que la barrière d'un passage à niveau qui se ferme. Une moto se range aux côtés d'une berline. Air tiède, des feuilles glissantes sur la chaussée, une saison où il vaut mieux faire siens les conseils de la prévention routière. Par crainte de se montrer un rien trop curieux, l'automobiliste a hésité avant de baisser sa vitre, mais la motarde à ses côtés l'intrigue.

L'odeur patinée des cuirs du blouson, d'une sacoche se mélangent à celles de l'humus et des bois à russules. Une émanation âcre s'échappe des freins de la moto. Elle rappelle à l'automobiliste celles de patins des voitures du circuit électrique sur lequel il passait des mercredis après-midi à inventer des courses, des trophées, des championnats du monde.

Le train ne vient toujours pas. Deux bolides immobiles se défient tels des amants : tension charnelle et mécanique.

Le sol éponge les dernières pluies. Les arbres ne ruissellent plus, mais les feuillages chatoyants sont repus. Le ciel de traîne égraine des volutes fluides, délavées. Les couleurs pastel semblent sortir tout droit d'une peinture à l'eau enfantine, naïve, chamarrée et atemporelle.

Enfin, un turbodiesel fatigué trace son sillon dans l'air humide, à la manière d'un alpha-jet qui laisse une traînée rose pâle derrière lui ; sûrement le moteur déréglé par la maintenance laxiste des trains relégués sur les voies secondaires.

Les barrières se lèvent dans une lenteur chaotique. Soudain, la moto vrombit, prête à dévorer le temps perdu. La motarde fait corps avec son engin, un enlacement entre les cuirs et les chromes, une souplesse féline qui dompte des tuyaux d'échappement, des chevaux motorisés.

Quelques secondes d'automne et déjà, la moto n'est plus qu'une tache rouge lointaine dans le creux d'un vallon. La route serpente entre des dolines. Elle décline vers les contreforts d'une vaste dépression. Nul besoin d'accélérer, juste de se laisser porter vers une plaine verdoyante.

Des villas bourgeoises, espacées, tels des archipels en une végétation provinciale, annoncent la cité thermale. L'automobiliste la traverse sans peine et arrive à l'hôtel. Il freine dans un crissement de gomme projetant du gravier sur l'écorce d'un majestueux tilleul – un attentat botanique perpétré en toute impunité –. Le conducteur s'extrait de l'habitacle avec élégance, sort du coffre une valise sombre qui est le lot des hommes en mouvement, habitués à ne prendre que le strict nécessaire, qui réduisent la taille de leur trousse de toilette au gré d'échantillons cosmétiques glanés dans les chambres de belle facture. Ces hommes qui savent prendre soin d'eux sans ostentation. Démarche assurée, le cuir souple des chaussures escalade sans bruit les marches du perron de l'hôtel.

Le bâtiment transpire par ses étages supérieurs inoccupés, dont les fenêtres restent ouvertes lors de la belle saison pour masquer les relents de moisissure qui imprègnent les combles, les moquettes, les rideaux de douche en bakélite.

La bâtisse s'enracine dans un parc sans âge. Une fontaine Wallace se déverse dans un bassin de grès envahi de lentilles d'eau. Ne manquent plus pour parfaire le décor que des curistes en polo blanc dont les journées sont rythmées par les soins et les heures alanguies. Bien que défraîchi, l'hôtel a conservé une clientèle aisée à en juger par les luxueuses voitures stationnées sur le parking gagné par une luminosité souffreteuse. L'homme constate que la moto du passage à niveau est posée contre un garage rongé de lierre.

Il n'est pas surpris lorsqu'il entre dans l'hôtel de voir des fauteuils de cuir bordeaux qui encadrent en demi-cercle une table basse en merisier. Lumière tamisée, mais suffisante pour apprécier les tableaux de chasse. Le lieu invite à se détendre et est propice à fumer un havane aux rondeurs épicées, suaves.

La courtoisie professionnelle de l'accueil, la valise que l'on monte dans la chambre, non sans avoir vérifié la validité de la carte bleue, sont au diapason. L'heure du dîner a déjà sonné. Il faudra vite redescendre pour ne pas perturber l'ordonnancement de la cuisine et contrarier l'humeur bougonne du chef.

Cependant, l'envie de s'allonger est la plus forte, décompresser des heures de route. Un regard furtif vers le téléphone portable. Sûrement des clients furieux de ne pas avoir été rappelés dans la minute. De toute façon, le portefeuille est plein, les perspectives excellentes et les primes seront à nouveau au rendez-vous en fin d'année. Se faire désirer est aisé lorsque les affaires sont florissantes.

Reste tout de même une question en suspens. Qui se cache derrière la lettre lui demandant d'être ici ce soir, dans ce lieu à l'écart des grands axes ? Un cadre très supérieur ne fréquente pas les chemins de traverse.

La pénombre a envahi la chambre, mais impossible de se reposer, de rester allongé. Une idée fixe l'obsède : revoir la motarde. Puis, il se rend au restaurant à moitié plein. Des têtes blanches, silencieuses, profitent de la terrine de faisan ou pour les plus fortunés du menu spécial foie gras. Un rapide coup d'œil au milieu de cette faune cossue et silencieuse et très vite le blouson rouge de la motarde capte son regard. Un maître d'hôtel obséquieux lui désigne une table qui fait face à la dépositaire du blouson rouge.

Il n'en mène pas large. Même pour une personne habituée aux succès, se confronter à la beauté féminine demeure une aventure. Le jean serré de la motarde laisse deviner des jambes élancées et musclées capables de dompter de puissant deux-roues. Le rouge du blouson contraste avec le noir de la chevelure et du pantalon. Le regard flambe de l'intérieur, mais pas un membre ne bouge tel un guépard aux aguets.

La motarde semble l'attendre et l'invite à s'asseoir à sa table avec un naturel déconcertant. Surpris, il obtempère. Il est hypnotisé. Elle lui parle, mais il lui faut du temps pour la comprendre et saisir ses paroles voltigeant dans l'air saturé des effluves anesthésiques d'alcools liquoreux.

Elle engage la conversation du tac au tac :

— Laura Cassini.

— Enchanté !

— Photographe animalière. Je suis spécialisée dans les prises de vue des rapaces nocturnes : chouettes, hiboux et consorts. En fait, ma journée de travail va débuter. Je suis ici, car j'ai repéré au printemps un couple qui nichait dans le parc. Autant être à côté de son lieu de travail, ne trouvez-vous pas ?

— Assurément !

— Si vous êtes intéressé, venez avec moi ce soir ! Et vous tiendrez mon matériel, ce qui me sera commode. Vous verrez, la nuit est surprenante, surtout lorsque la lune s'éclipse sans prévenir.

— Pourquoi pas, rien ne me presse demain !

— Alors, rendez-vous dans une heure, ne me faites pas faux bond, je tiens à vous !

Une heure plus tard à l'orée du parc, la nuit a pris possession des lieux. Deux silhouettes glissent sur la pelouse souple éclairée d'étoiles cotonneuses. D'une encre monochrome, la nuit gomme toute géométrie spatiale. Dans le fond du parc, des pins maritimes découpent leur silhouette tourmentée, fantomatique.

La photographe et l'homme contournent une dépendance aux vitres ébréchées. Ils se transforment en êtres nocturnes : changer de métabolisme, faire sa mue. L'arrière du parc n'est que désolation de mousses, de lianes que l'on devine s'élancer à l'assaut d'arbres tentaculaires, demeures d'hôtes invisibles.

— Normalement, elles devraient être dans les parages d'après mes repères laissés au printemps.

— Qui « Elles » ?

— Ce couple de chouettes de tengmalm, si avares de leur présence.

— Si vous le dites…

— Regardez le clocher, c'est un excellent garde-manger pour elles et au fond du parc l'obscurité est totale. Elles ont dû rester ici depuis le printemps.

À cette heure de la nuit, l'humidité s'infiltre partout. Sous les branchages règne le noir absolu, lugubre.

Soudain, spectrale, une forme ramassée sort du néant et vient se poser sur la branche d'un troène. Sans un bruit, le téléobjectif est rivé à l'appareil photo. Ne pas se précipiter, ne pas altérer l'obscurité par un flash. Avec un peu de chance, la nichée entière devrait sortir, c'est d'abord le repérage parental, les petits sont assez grands pour s'envoler, mais restent fragiles. Concentration extrême au milieu de secondes interminables et enfin quatre paires d'yeux trouent la nuit. Réaction instantanée de la chasseuse d'images, crépitements, flashs, les photos sont prises en rafale. Cela suffira pour cette nuit. De toute façon, elles vont mettre un certain temps à rentrer et en plus avec ce festival d'illuminations, cette surboum de clichés, elles ne vont pas revenir de sitôt.

Ils reviennent à découvert sur la pelouse du parc, l'air est devenu glacial. Un nuage invisible déverse une pluie verticale, brutale. Ils ont à peine le temps de se plaquer contre le mur de la remise protégée par une glycine accrochée par de puissantes ramifications à la bâtisse.

Inconsciemment, les deux corps se rapprochent…

Du peu qu'il reste de la nuit, elle va lui apprendre les caresses vertigineuses, la fusion des êtres, la douceur extrême et la violence des sentiments aussi. En cette étreinte achevée, elle lui fait comprendre qu'il ne la reverra jamais. Cet amour sera comme le flash qui a saisi la famille de chouettes, un éclair électrique dans la nuit. L'homme ressent une impression délicieuse et dérangeante, l'intrusion au plus profond de son être, de son âme. Puis le sommeil de plomb, les rêves qui ne viennent pas, car ils ne repassent pas deux fois en une si courte nuit.

Malgré la brume, le jour s'infiltre par les persiennes. Une aube floue, liquide, fluide, imprégnée des griseries nocturnes, de l'ébriété des sentiments, des poussières d'étoiles, se glisse dans la chambre. Une amnésie limpide.

Au matin, l'homme s'habille. Il porte un costume chic et décontracté qui sied à son allure sportive. Il émane de lui une flagrance de parfum délicat, mais son assurance s'est fragilisée. Il se sent vide, piégé par le chant des sirènes. Une absence le lacère en profondeur. Il veut la revoir par-dessus tout, lui dire des mots muets et assourdissants à la fois.

Pesanteur. Il prend conscience de son absolue solitude au milieu d'un luxe dérisoire qui l'entoure, l'étouffe.

Alors qu'il ouvre la porte de la chambre, il voit à ses pieds une enveloppe. Impatient, il la décachette, la lit, l'absorbe. Aujourd'hui, les clients pourront l'appeler, s'impatienter, vitupérer même…, il se perdra dans le fauve des forêts. Il découvrira à son tour les chouettes de tengmalm.

Remerciements

Mes remerciements vont vers Christine, pour sa relecture d'orfèvre, ses conseils sincères et son amour érudit de notre langue – je me permets ici l'usage excessif du possessif qui encombrait initialement mes premiers écrits – ; nos séances de travail mirent les textes sur l'atelier pour mieux les tisser, les filer.

Ils vont aussi vers Caroline, pour son soutien au fil des jours, au fil des mots, au fil de la vie.

Table des matières

Imprimé en Allemagne
Achevé d'imprimer en janvier 2024
Dépôt légal : janvier 2024

Pour

Le Lys Bleu Éditions
40, rue du Louvre
75001 Paris